Toujours ensemble

ANCA VISDEI

TOUJOURS ENSEMBLE

Pour Ion Luca
et Jaroslaw Caratchek

L'action de la pièce se déroule entre décembre 1972 et décembre 1989. Alexandra Popesco ayant quitté son pays en décembre 1973, elle échangera des lettres avec sa soeur durant...quelques années.

Alexandra Popesco - écrivain, dix-huit ans au début de la pièce, trente-six ans à la fin.

Iona Popesco - sa soeur cadette, comédienne, dix-sept ans au début de la pièce, trente-cinq ans à la fin.

DECOR

Au début : la chambre des deux soeurs, lits jumeaux, machine à écrire, téléphone, livres, penderie, pick-up et poste de télévision. Son fonctionnement sera chaque fois suggéré par une lumière bleutée de tube cathodique qui envahit la scène. A l'avant-scène jardin : un téléphone public. Le décor évoluera légèrement par la suite. De nouveaux accessoires (un téléphone et une machine à écrire pour Alexandra) feront leur apparition.

1

31 décembre 1972

Alexandra arrive à toute allure du dehors tenant à la main une serviette en cuir et un sac en vilain papier gris. Elle ferme vite la porte derrière elle, grelotante de froid. Elle est essoufflée pour avoir trop couru. Elle est coiffée d'une très belle toque en fourrure blanche et porte un manteau bleu marine sur la manche duquel est cousu un numéro matricule : le 1067. Sous ce manteau, elle porte une uniforme de lycéenne : chemisier bleu ciel et chasuble bleu marine. Ioana, sa soeur, habillée dans une petite robe du soir, se passe en revue devant la glace. Alexandra tient à la main une serviette et un sac en vilain papier gris..

ALEXANDRA (haletante) Salut le 2001 ! (regard sur la télé éteinte) Je l'ai ratée ?

IOANA Salut, le 1047! L'émission vient de se terminer...

ALEXANDRA (contrariée mais résignée) Zut, j'étais aux Editions Veritas : pour voir le directeur... Soit-disant-pas-là... au moins j'ai barboté quelques exemplaires de mon volume de théâtre. (elle renverse le contenu de la serviette par terre)

IOANA Tu m'écriras enfin ma dédicace ?

ALEXANDRA (voulant paraître indifférente). L'émission était bien ?

IOANA Superbe : tu parlais si bien...

ALEXANDRA Ils n'ont pas coupé le passage sur l'autocensure...?

IOANA Non, c'était d'ailleurs un peu trop...

ALEXANDRA Etonnant !...excuse-moi : juste un coup de fil à passer ...

(lui tend le sac en papier) Martini blanc!

IOANA T'es un génie !

ALEXANDRA Non : juste patiente. Deux heures pour acheter les dollars au marché noir et une heure de file pour le Martini... Bonne année ! (embrasse Ioana)

IOANA Bonne année!

ALEXANDRA (Alexandra, en enlevant son manteau, met de la musique : l'Hymne à la Joie, de Beethoven; elle cherche son agenda, le téléphone sonne) Vas-y !

IOANA Allo?... c'est Ioana Popesco...Oui, elle est là, je vous la passe tout de suite...(bouchant le micro, à Alexandra) C'est l'Institut : Gina, ta prof.

ALEXANDRA (prenant le téléphone) Allo ? oui,... vous avez tous regardé l'émission?...merci...Non, moi, je n'ai pas vu...mais ma soeur, oui. Merci...bien sûr, c'était normal de parler de vous. Vous m'avez toujours aidée. Pour vous remercier, je ferai un bel examen de fin d'année, ...une histoire de mariée qui attend en vain le mari...ça coûtera pas cher : on vient d'exhumer la robe de mariée de maman...non, c'est pas trop "dans la ligne"... mais venant de moi c'est pas nouveau. La commission...? Je ferai attention, je vous le promets... Merci pour tout...(elle raccroche)

IOANA Alors...raconte !

ALEXANDRA (voulant se débarrasser au plus vite du sujet) Félicitations, l'émission était très bien mais j'y provoquais la commission qui m'a à l'oeil...Personne ne l'ouvre, ce fichu Martini?

IOANA (ouvrant la bouteille) Tu n'es pas assez prudente...

ALEXANDRA (composant un numéro de téléphone, tout en enlevant ses bottes) Juste un coup de fil...

IOANA C'est ça : le dernier de l'année !

ALEXANDRA Les Editions Veritas :
importantissime !

IOANA (scandalisée) C'est le 31 décembre !

ALEXANDRA (compose le numéro, tout en continuant de se déshabiller) Allo? Je voudrais parler au directeur...Je sais que c'est le 31, je réveillonne aussi, comme les êtres humains... Alexandra Popesco...Merci, vous êtes très aimable : je suis heureuse que vous ayez aimé l'émission, merci. Le directeur n'est pas là? ... je suis très embêtée : la pièce doit se jouer en février...Le livre doit sortir en même temps sinon on s'est bagarré pour rien pendant deux ans...la commission ?... je sais : je m'en occupe... Au moins envoyez- moi le contrat; je n'y croirai que lorsque je verrai le contrat signé...Oui, je sais : j'ai l'air très romantique et évanescente à la télé... je le suis mais un contrat est un contrat et la pièce se joue en février. ...Ce n'est pas de votre faute mais c'est encore moins de la mienne.

Transmettez-le à votre directeur, j' assumerai les conséquences, merci, bonne année ...(elle raccroche)

IOANA (Pendant tout ce coup de fil, elle s'est maquillée, préparée, elle est vraiment très jolie; elle regarde Alexandra qui bout de colère intérieure, tout en se déshabillant. Alexandra est en combinaison de satin et chaussettes) Tu n'es même pas habillée : on va être en retard...(Ioana se maquille, calmement, Alexandra fredonne l'Hymne à la Joie, se sert un Martini, consulte son agenda, tout en faisant les cent pas avec un air rageur) Alors, ton livre?

ALEXANDRA Ils me font attendre et je ne sais pas pourquoi...Il y a une couille...

IOANA (faussement choquée) Une...quoi?

ALEXANDRA (faisant les cent pas à toute allure) Etre réduite à attendre ...

IOANA (riant) Oh, oui, chère conquérante : l'inaction c'est ce qu'on peut te demander de plus dur...

ALEXANDRA Je suis un personnage sur les genoux...Sur les genoux mais pas à genoux...(changeant de sujet) A propos : j'ai fini le montage de Puck pour ton examen ...

IOANA Formidable !

ALEXANDRA (trinquant) N'oublie pas : Toujours ensemble !

IOANA Tchin ! Toujours ensemble !

ALEXANDRA Je t'ai mijoté une traduction avec du sublime et du salace. Le jury libidineux de l'Institut va être ravi d'entendre toutes ces horreurs élisabéthaines débitées par une aussi jolie bouche...Les hommes sont bêtes...(le téléphone sonne, Ioana fait signe à Alexandra de décrocher puisque c'est toujours pour elle, Alexandra décroche, pressée :) Allo?...(son visage s'illumine, les oiseaux chantent, on est au mois de juin et des fleuves de miel coulent dans sa voix) Andrei, c'est vous? (elle s'assied avec un large sourire et croise les jambes comme si son interlocuteur pouvait la voir) Au contraire, je suis très heureuse de vous entendre...

IOANA (la singeant)... très heureuse de vous entendre...

ALEXANDRA (fait signe à Ioana qu'elle va avoir une bonne fessée) ...je vous écoute, Andrei?...Ce soir?...Nous irons à la fête de l'Institut de théâtre... Vous y ferez un saut? (fait des signes à Ioana que c'est génial, hystérique de joie muette et contenue, se maîtrisant, à peine enthousiaste) Nous nous verrons alors...Vous avez regardé l'émission?... Non, je l'ai ratée, c'était bien ?... Aux éditions Veritas : j'ai attendu deux heures le directeur . Toujours rien...quelqu'un là-haut, ne m'aime pas...Vous vous en occuperez? Mais ce n'est pas à vous de...je suis une grande fille.(Ioana lui fait signe de se taire) Mais si : j'ai entière confiance en vous!...Si vous y tenez...merci, Andrei... Bonne année!... Vous serez là à minuit pour me la souhaiter? Je cours alors... A toute à l'heure.

(pendant tout le temps qu'a duré cette conversation, Ioana et Alexandra
se sont fait des signes, Alexandra éperdue d'émotion qu'elle essayait
de cacher, Ioana, parfois encourageant, parfois singeant sa soeur)

IOANA Qu'est-ce qu'il t'a promis pour le livre?

ALEXANDRA (raccrochant, air d'épouvante) Le livre, je m'en fiche. Il
me faut une robe, Andrei vient au réveillon, une très belle robe,
une robe sublime...Mon oeuvre littéraire pour une robe! (elle est
désespérée)
IOANA (elle ouvre la penderie) Vite ! (elle aide Alexandra à se
déshabiller)

(La penderie est ouverte devant les deux soeurs, une magnifique robe
de mariée dépasse, à côté de deux ou trois habits mous et gris.
Alexandra, presque nue, de dos aux spectateurs, s'avance vers la
penderie et prend la robe...)

IOANA (épouvantée) Tu n'oseras pas...?

(Alexandra se retourne de face, la robe plaquée contre elle et fait un oui
de la tête : silencieux, résolu et souriant.)

2

27 janvier 1973

Ioana et Alexandra entrent. Alexandra enlève sa belle toque en fourrure blanche. Les deux soeurs ont des rubans blancs sur la tête, leurs numéros matricule cousus sur la manche de leurs manteaux et des chaussures mouillées. Frigorifiées et silencieuses, elles enlèvent leurs chaussures et enfilent de grosses chaussettes de laine tout en se frottant les pieds pour les réchauffer. Ioana allume la télévision, la scène est plongée dans la lumière cathodique.

VOIX DU PRESENTATEUR Aujourd'hui, 27 janvier 1973, des dizaines de milliers de lycéens, d'étudiants, d'ouvriers et d'intellectuels sont venus applaudir spontanément le meilleur fils de notre peuple. Toute l'Université de la Capitale, toute l'élite culturelle du pays étaient en liesse dans ce jour historique où, en raison de ses nombreux mérites intellectuels, le Premier d'Entre Nous, le Coordinateur général du Comité Central du Parti a reçu le titre de docteur honoris causa de l'Université de notre Métropole. Accourus spontanément malgré le froid, des dizaines de milliers de citoyens, les yeux en larmes ...

ALEXANDRA (tourne nerveusement le bouton de la télévision). Ca va, on y a été ... Pas la peine de nous faire une épopée !

IOANA "Spontanément" ! (elle enlève son ruban blanc et le range dans sa serviette) Finita la ... mascarada !

ALEXANDRA (enlevant également son ruban qu'elle fourre dans une poche de son uniforme) Comptés dix fois, au départ et à l'arrivée du cortège, menacés d'exmatriculation si on ne venait pas...Même les malades y étaient.

IOANA Il y en avait tellement qui toussaient : on lui a peut-être filé la crève au grand manitou. Si tu veux parler ...

ALEXANDRA Je ne veux plus ...

IOANA Même pas à moi (va vers Alexandra qui se jette dans ses bras et se met à pleurer). Ca a dû être dur pour toi. Je t'ai regardée quand Andrei a pris la parole. Je te voyais de profil. Je croyais que tu allais te mettre à pleurer ...

ALEXANDRA (pleurant) Moi, pleurer ? Tu ne me connais pas.

IOANA Oh, que si ...

ALEXANDRA (plaisantant) Ou alors, juste une larme d'émotion pour le Coordianteur Général...un si grand intellectuel ! (sans transition, furieuse). Et cet imbécile d'Andréi, qu'est-ce qu'il lui a pris ... ?

IOANA Tu le reverras ?

ALEXANDRA Jamais.

IOANA Il va te rappeler ...

ALEXANDRA Andrei est mort pour moi. Aujourd'hui. Le voir, l'entendre ânonner ce discours avec ce visage de laquais, chanter les mérites intellectuels du Coordinateur Général, évoquer ses travaux épistémologiques, quelle farce ! On n'est même pas sûr qu'il sache écrire, alors ...

IOANA Peut-être qu'il est arrivé à faire une page de traits et déliés ...

ALEXANDRA Quelle honte, quelle honte ...

IOANA Tu l'aimes !

ALEXANDRA Imbécile ! ... cela n'a aucun rapport.

IOANA (têtue) C'est bien ce que je pensais : tu l'aimes (après un long silence). Il a peut-être ses raisons.

ALEXANDRA C'est ça : je devrais pardonner à ce cireur de bottes, qui sait de surcroît ce qu'il a fait, puisqu'il est intelligent...Prendre le thé, discuter avec lui comme si de rien n'était, comprendre ses tortueuses raisons de lâche, alors que notre père est mort en camp de rééducation par le travail, édifiant un fantomatique barrage, en récompense de ses réels travaux philosophiques ...

IOANA Tu as fait l'amour avec lui ?

ALEXANDRA Hein ?

IOANA Avec Andrei, pas avec le Coordinateur Général !

ALEXANDRA (rit parmi les larmes)

IONA Alors, ma question ...

ALEXANDRA Quelle question ?

IOANA Andrei.

ALEXANDRA Quel Andrei ?

IOANA (fait semblant de lui donner une gifle) Tu m'exaspères, la grande.

ALEXANDRA Mais on n'a rien fait.

IOANA Un baiser, quand même ...

ALEXANDRA Un : historique.

IOANA Si ce n'est que ça ...

ALEXANDRA (se rebiffant) Mais il était bon ...

IOANA Il y en aura d'autres.

ALEXANDRA Aucun. Pour moi, les hommes,c'est fini : tous des planches pourries.

IOANA Veuve et vierge !

ALEXANDRA Si tu veux que je t'envoie Gédéon à la figure, dis-le clairement.

IOANA Tu ne le feras pas : tu ne pourrais plus taper dessus toute la nuit pour me réveiller régulièrement dans un bruit de ferraille.

ALEXANDRA Je te signale que cette nuit je tapais la version définitive de ton montage de Puck.

IOANA (songeuse) Je ne comprends pas : tous ces après-midi, ces soirs entiers où tu étais avec lui ... il ne se passait rien ?

ALEXANDRA Nous parlions.

IOANA (sarcastique) Littérature !

ALEXANDRA Pourquoi pas ?

IOANA Parce qu'il a cinquante ans ...

ALEXANDRA Quarante !

IOANA C'est la même chose, un centenaire !

ALEXANDRA Le seul qui n'était pas au parti ... Et le plus doué ...

IOANA Un seul baiser ! Je n'arrive pas à comprendre qu'il soit aussi bête que toi.

ALEXANDRA Comme tu as pu le voir aujourd'hui, il est finalement plus bête que moi.

IOANA Il assure son avenir, plutôt : sa vieillesse.

3

NOVEMBRE 1973

ALEXANDRA Ils ne publieront jamais mon livre,...Andrei, depuis que je refuse de le voir, me met des bâtons dans les roues professionnellement, ils font pression sur moi pour que j'entre au Parti... Si les choses commencent à tourner ainsi, ils m'enverront bientôt parfaire l'éducation des masses dans un foyer culturel au fin fond d'une province reculée.

IOANA Il faut que tu partes à l'Etranger...Cette invitation d'échange culturel avec de jeunes suisses tombe à pic...

ALEXANDRA C'est moi qui coule à pic...Ecrire dans une autre langue ... non, tu ne te rends pas compte de ce que tu dis. C'est comme dire à un homme que sa femme adorée a quitté : "T'en fais pas, épouse une autre ; tu t'y feras".

IOANA C'est exactement comme ça qu'on se sort de tous les chagrins d'amour. Depuis le début des temps ...

ALEXANDRA N'y pense plus. On ne change pas de langue à dix-neuf ans quand on veut devenir écrivain ! Autant se couper la langue !

IOANA Si tu restes ici, ce sont eux qui te la couperont. Ils ont déjà commencé ...

ALEXANDRA C'est une fuite, c'est la facilité, cela ne me ressemble pas et tu le sais très bien ...

IOANA Le courage, c'est de partir.

ALEXANDRA C'est ça : aller là ou l'on est bien au chaud. A la recherche métaphysique du confort !

IOANA Pour un écrivain, le confort serait de rester.

ALEXANDRA (criant) S'enfuir c'est une solution de facilité !

IOANA (hurle) Ne crie pas. En dix-huit ans, on ne s'est jamais vraiment disputées (hurle, hors d'elle-même). On ne va pas se mettre à crier maintenant que tout va mal. Tu la payeras cher, cette "facilité", ne t'en fais pas. Tu vas devenir presque folle de ne pas pouvoir parler ni écrire, toi qui exprimes tout ce que tu veux avec tes mots, toi qui fais pleurer les gens avec une phrase et les fais rire avec une autre. Tu vas être au bord du désespoir devant ton impuissance. Ce n'est pas un conseil de soeur que je te donne. C'est un conseil d'ennemie. Toi qui écris tout le temps, tu vas te retrouver inutile, muette, sourde. Tu devras tout réapprendre, chaque mot, chaque tournure de phrase. Tu redeviendras démunie comme une enfant qui ne sait pas encore parler.

ALEXANDRA Des mots, des mots, des mots ...

IOANA (se met à pleurer) Tu n'as pas le droit de te défiler. Va dire que nous sommes vivants ...

ALEXANDRA (doucement) J'ai peur, j'ai peur d'une autre langue, je ne m'y ferai pas, je suis trop petite ou trop vieille, trop paresseuse ... je n'ai pas le courage. C'est toi la plus forte ...

IOANA Moi, je ne suis pas un génie.

ALEXANDRA (précipitée) Rassure-toi : moi non plus. Et maman, et toi ... ?

IOANA Nous, nous serons deux. (sonnerie du téléphone) Allô ? (reste interdite un instant ...) Oui, je vous reconnais, Andrei .. oui, elle là. C'est exceptionnel, en effet ... je vous la passe.

ALEXANDRA (la regarde éberluée, gestes de panique et d'incompréhension) Mais ...

IOANA Même si c'est la dernière fois que tu lui parles, même si tu as l'intention de lui loger une balle dans le ventre, donne-lui une dernière chance.

ALEXANDRA (va vers le téléphone) Allô ... oui, c'est moi ... Ma voix est changée? ... peut-être ... hmm ... hmm ... hmm ... (écoute longuement) ... hmm ... je ne suis pas taciturne ... je vous écoute ... Hmmm ... oui ... c'est tout ce que vous avez à me dire ? ... C'est une question ... C'est tout ce que vous avez à me dire ? ... (elle raccroche doucement)

IOANA (la regarde d'un air suppliant) Alors ?

ALEXANDRA Il m'a dit qu'il ne cesse de me soutenir devant des représentants de la vieille garde qui ne comprennent pas mon talent, qu'il ne cesse de se battre pour moi ... Je ferais tout aussi bien de partir ...

4

DECEMBRE 1973

Les deux soeurs sont assises sur le lit d'Alexandra ; patiemment, elles prennent chacune des feuilles dans une pile qui se trouve par terre et elles arrachent les pages des manuscrits. Devant elles : deux sacs poubelle. Chacune déchire des liasses de pages en quatre et en distribue les restes dans les sacs.

ALEXANDRA Il faut détruire tous les manuscrits. Je me repens sincèrement d'avoir tant écrit...Tu me promets de faire attention ?

IOANA Je te le promets.

ALEXANDRA On n'est jamais trop prudent.

IOANA Je le serai.

ALEXANDRA S'il t'arrive quelque chose, ce sera de ma faute et je ne me le pardonnerai jamais.

IOANA Tu peux être rassurée.

ALEXANDRA En partant, j'attire leur attention sur vous.

IOANA (ironique, montrant tout ce qu'il reste à détruire) Ne me laisse pas toute seule avec ton oeuvre.

ALEXANDRA (se rassied, déchire également, long silence) Pour les lettres, il nous faut un code : autrement rien ne passera à la censure. On écrira Ubu pour le Coordinateur Général...

IOANA Si on tombe sur un censeur cultivé on est cuites. Non, il vaut mieux plus discret ... Ubu ... Jarry ?...Alfred !

ALEXANDRA Alfred , c'est génial ! Ils n'y verront que du feu.

IOANA On va écrire "les pionniers" pour les amis. Comme ça ils ne regarderont pas de plus près ... (très en inspiration) "Les trépanés" pour les jeunesses communistes ... Non : "les jeunes trépanés" !

ALEXANDRA "Tante Prudence" pour la Sécuritate.

IOANA "Peu d'élus" pour le service des passeports ... Et Andrei, comment je l'appelle dans les lettres ?

ALEXANDRA Ce n'est pas la peine ...

IOANA Que si, je suis sûre que désormais son ascension sera fulgurante ...Je l'appellerai Obéron ...

ALEXANDRA Obéron ?! ... Je suppose que tu me vois en Titania ...

IOANA Evidemment, vous êtes un couple de dieux ... Autrement, comment pourrais-je être Puck, chargé d'être votre messager...? Et ça ? (elle lui montre la robe de mariée)

ALEXANDRA (troublée) L'examen est dans un mois : ma pauvre scène ...Je ne la jouerai pas.

IOANA Tu ne veux pas me la jouer, ta scène ?

ALEXANDRA (butée) Non !

IOANA Alors je garde la robe ...Qui sait? je la jouerai peut-être un jour ...

ALEXANDRA (émue, tombe dans les bras de sa soeur)
Quand je pense qu'il y a un an nous nous jurions de rester toujours ensemble ...

IOANA Nous serons toujours ensemble ...

5

LES PREMIERES LETTRES

La disposition du décor a légèrement changé. Les deux lits sont aussi écartés que possible, l'un se trouvant complètement côté cour, l'autre côté jardin. A partir de cet instant, la scène représente deux pièces séparées par un mur invisible. Dans la pièce de Ioana on a entreposé tous les objets de l'ancienne chambre des deux jeunes filles. Côté jardin, dans la nouvelle pièce d'Alexandra, il n'y a que le lit et une penderie. Les deux soeurs changent également de costume : Ioana enfile un chandail et un pantalon noirs pendant les premières lettres d'Alexandra pour être vêtue ainsi lorsqu'elle jouera Puck. Alexandra, lorsqu'elle enlèvera son manteau, sera vêtue d'une robe de chambre, sous laquelle apparaîtra ensuite une très belle petite robe noire.

ALEXANDRA (sa valise à la main, lourde, lourde ..., son manteau sans matricule sur le dos, arrive dans son nouvel espace) Ma chère petite soeur, voici ma première lettre. Je la commence dans l'avion qui m'amène à Genève. Pour te dire que mes impérissables écrits sont à côté de moi.(elle pose la valise par terre, contemple sa main lacérée par la poignée de la valise) Jamais le poids de la littérature ne m'a paru aussi lourd ... J'ai été vomie, oeuvres comprises, comme tu vois ... Chose curieuse, je viens d'apprendre que, partie majeure de chez nous, je débarquerai mineure à l'arrivée ... En Suisse, la majorité est fixée à vingt ans, pas à dix-huit comme chez nous. Tu vois, cela commence bien : je rajeunis.

IOANA (prostrée, caresse doucement la machine à écrire) Chère Alexandra, ma petite fée, Gédéon est silencieux, cela me semble si étrange ... Surtout la nuit. J'étais habituée à m'endormir bercée par son crépitement. Cette musique durait toute la nuit. Elle me manque comme tout ce qui est toi. Beaucoup de tes collègues ont téléphoné à la maison. Pour l'instant nous leur disons que tu es fatiguée et que tu es partie te reposer chez grand-mère. Cela nous fait gagner du temps. Tu nous manques déjà ... tellement. Mère est très courageuse, nous pensons à toi à chaque instant, essayant de ne pas trop le laisser paraître. Si nous nous laissions aller, nous passerions la journée à parler de toi et à pleurer l'une dans les bras de l'autre. Je t'embrasse tendrement. Ta soeur qui t'aime.

ALEXANDRA (elle a enlevé son manteau pendant la lettre de Ioana, l'a étendu sur le lit, a ouvert sa valise, en a sorti un cahier et un stylo, s'est lovée dans le lit et s'est mise à écrire sur ses genoux) Chère petite soeur lointaine et plus proche que jamais, ta lettre m'a remplie de joie. J'y réponds aussitôt. Je me suis déshabituée d'écrire à la main. Dès que j'ai deux sous devant moi, je m'achète une machine à écrire. J'espère cependant que tu arriveras à déchiffrer. Moi ? Je dors, ma chérie. Tu serais si contente, toi qui me reprochais de passer des nuits blanches à taper sur mon fidèle Gédéon. Il y a même des jours où je dors seize heures d'affilée. Hier c'était Noël : je l'ai fêté en dormant dans ma chambre d'hôtel, volets clos. Heureuse Nouvelle Année ! Je n'ai pas un franc et je ne demande qu'à hiberner. Je ne sors de ma chambre que pour voir si le courrier est arrivé : je n'ai pas la force de m'habiller. A la réception, ils me prennent pour une folle ou pour une amoureuse qui attend des lettes de son promis, ils me regardent avec pitié. 1974 commence par une somnolence chronique. Au lieu de m'éveiller à une vie nouvelle, je m'y endors...Et plus le moindre laurier pour y poser ma tête fiévreuse. J'accepterais même un laurier très fané pourtant ... (elle prend une nouvelle feuille). Lausanne, le 4 janvier 1974. Tu écris : "Gabriela et les autres ont téléphoné pour t'inviter réveillonner avec eux , comme tous les ans. Réfléchis, reviens, tout sera comme avant." Trop tard. Hier, j'ai déposé ma demande d'asile. Je pense à vous, à votre joie. Fêtez bien et pensez un peu à moi (elle prend une nouvelle feuille). Encore Lausanne, encore le 4 janvier ... et encore moi. (C'est la troisième lettre que je t'écris aujourd'hui.) A part toi, je n'ai personne à qui parler. Un peu comme toujours. J'ai été à la Police des Etrangers. J'ai rempli des formulaires. J'y ai laissé mon passeport.

Le fonctionnaire m'a dit qu'à partir de cet instant j'avais coupé tout lien avec la mère patrie ... Ils me font des histoires dans le petit hôtel où j'habite. Je me suis plainte de ne pas pouvoir téléphoner dans mon pays. On m'a répondu : "Les réfugiés politiques, on les connaît ... Chez vous, dans votre pays, vous aviez peut-être le téléphone dans votre chambre..." J'ai dit que oui mais qu'à part ça on allait à quatre pattes, couverts de peaux de bêtes. J'ai vite arrêté les frais : ils étaient en train de me croire. On ne doit pas avoir le même humour. On me parle d'ailleurs très fort, comme à une sourde. Soulignant parfois le discours par des gestes pour "manger" (geste comme pour expliquer à un débile) ... dormir (geste) ...

travailler (geste) ... vous (geste) ... moi (geste) ... Aujourd'hui, je suis allée à la Prévoyance Sociale. On m'a donné deux cents francs suisses pour m'acheter des habits chauds. Ils sont gentils : c'est une fortune et je commençais à me clochardiser. Ayant bourré ma valise de manuscrits, je n'avais emporté que les habits que je portais le jour du départ. Il se peut donc que ce soit mon odeur qui a poussé les assistants sociaux à un geste si charitable ...J 'achète aussi des fards à paupières, des rouges à lèvres ... dont je ne me sers pas. Je me sens si terne, si grise ... Ah, j'oubliais : j'ai aussi acheté une montre suisse. La mienne s'est curieusement arrêtée : le premier jour à l'Ouest. (Elle sort de sa valise une machine à écrire qu'elle déballe soigneusement) J'ai enfin loué une machine à écrire. Drame : elle n'a que les caractères français.

IOANA (emballant soigneusement la machine à écrire qui a appartenu à Alexandra) Chère Alexandra, ta lettre a mis quatorze jours pour arriver. Tu me sembles si triste, si fragile que, si je le pouvais, je viendrais immédiatement te rejoindre. Excuse le moment de faiblesse de ma dernière lettre : je te disais de revenir. Je m'ennuyais tellement de toi ... mais tu as besoin d'une petite soeur forte qui t'encourage et te soutienne. Sache qu'on a réveillonné tard chez Liviu, on a dansé, bavardé, écouté de la musique. Je ne suis rentrée que vers six heures du matin.

ALEXANDRA Ioana, ma chérie, j'ai passé un Nouvel An au-delà du sinistre dans ma chambre d'hôtel ... Tu as beaucoup dansé, tu es rentrée tard. Comme tu as raison ! Profite de la vie, amuse-toi ! On ne sait jamais de quoi demain sera fait. Quand danserai-je encore ? Il me semble qu'il y a des siècles que je ne l'ai pas fait.

IOANA (déballant la machine à écrire) J'ai essayé de t'expédier Gédéon par la poste. Mais ils me l'ont refusé à la douane. Très violemment. Ils m'ont dit que si j'insistais, ils allaient le confisquer. Gédéon répond pourtant pleinement aux critères de la Croix Rouge sur le regroupement familial. Vu le nombre de nuits que tu as passées en tête-à-tête avec lui, il est devenu à l'évidence un proche, plus même : un membre de la famille ... Pauvre Gédéon , j'ai peur qu'il ne nous fasse, par dépit amoureux, une panne.

ALEXANDRA Je commence à prendre des cours de français - classe des avancés, s'il te plaît ! - à l'Ecole Migros. Avec mon esprit mal tourné et comme je ne pense qu'à ça, j'ai dû choisir l'école à cause du nom : Mi-gros, mi-gras, é-mi-gra ... A la pause d'hier, le prof nous a invités, nous, les quatre élèves de la section avancée, à boire un café dans un bistrot. Au moment de l'addition, nous avons compris que chacun devait payer sa part. J'y suis arrivée de justesse, en donnant, au centime près, mes derniers sous, réservés en principe au pain du soir. Je me rappelle les festins auxquelles les professeurs qui nous aimaient bien nous invitaient ... Les relations humaines doivent être très différentes ici : j'essayerai de comprendre ... Pourtant, les professeurs d'ici sont tellement plus riches que ceux de chez nous ... Je sens que ce n'est pas qu'une question d'argent ... (changeant de ton) Tu es formidable d'avoir pensé à envoyer Gédéon ! Ce n'est pas grave si tu n'y sois pas arrivée : je commence à me faire à la nouvelle machine. Date tes lettres, s'il te plaît, comme la plupart du temps elles croisent les miennes, cela faciliterait la lecture...

IOANA (commère) Cristina a épousé un Italien. Elle attend son passeport d'un jour à l'autre. Elle nous a rendu visite hier, habillée de pied en cap à l'Etranger. Elle nous a présenté le numéro de la diva faisant ses adieux à son village natal, avant de s'envoler vers la gloire qui l'appelle dans le vaste monde. Son mari a trente ans de plus qu'elle, il est borgne, obèse et il vend de la charcuterie dans un supermarché. Evidemment, ce sont des détails. Les filles d'ici sont maintenant prêtes à tout. Elles épouseraient sans ciller un palmier en pot si cela leur permettait de partir. De surcroît, partant par mariage, elles ont le droit de revenir pour les vacances dans le pays. Quand je pense qu'elles ont ce droit et pas toi, c'est à devenir enragée. Et si je pense que Cristina aura son passeport alors que toi et moi, Dieu sait quand nous nous reverrons ...Il est hors de question que tu viennes, quant à moi, on m'a dit clairement chez Tante Prudence ce que nous savions déjà : aucun départ, même pas dans un pays de l'Est avec une soeur établie à l'Etranger ... Tu écris ?

ALEXANDRA (tapant sur sa machine, après un long moment, presque agressive) J'écris, j'écris ... juste mon journal et encore ... j'y consigne des événements aussi marquants que les portraits des étudiants de l'Ecole Migros. Nom de nom, tu pourrais dater tes lettres !

IOANA Je prépare mon examen : plus que cinq mois. Je jouerai Puck. Selon tes conseils. Le texte est génial, ton adaptation est merveilleuse, je voudrais tellement être à la hauteur ... (elle répète, un crayon dans la bouche) "J'ai parcouru tous les bois mais je n'ai pas débusqué le moindre Athénien dont la flamme du regard puisse faire éclore cette fleur qui inspire l'amour. Tout est ténèbres et silence. Quel est cet homme ? (elle reprend, effrayée) Quel est cet homme ? (crie) Quel est cet homme ? (rit à gorge déployée) Qui est cet homme ? (troublée) Quel homme est-ce ?..." (changement soudain de ton) Andrei te cherche tous les jours (reprenant le rôle) "Il porte le costume d'un prince de la Cité, mon maître me l'a dit, c'est celui qui dédaigne notre jeune protégée et voici la pauvre vierge, profondément endormie sur la terre boueuse et sale. (regarde Gédéon avec tendresse) Ame baignée par la pureté ! Elle n'a pas pu se coucher auprès de ce voleur d'amour, de ce maquignon de la courtoisie" ... Andrei t'a même déposé un bouquet de lilas blanc devant la porte, il y a deux jours ... C'est évidemment moi qui en profite ... J'espère que la prochaine fois il déposera une rivière de diamants. J'en ai cruellement besoin : je n'ai vraiment rien à me mettre pour la réunion hebdomadaire des Jeunesses Communistes. (de nouveau le rôle) "Parvenu du coeur, mendiant qui fait des promesses, je vais t'aveugler en répandant sur tes yeux la légèreté puissante de ce philtre d'amour" ... (elle esquisse un mouvement dans lequel elle couvre toute la pièce de confettis blancs) Tu étais la plus douée de ta génération ... Tout le monde le pense à l'Institut ...

ALEXANDRA Chère petite soeur espiègle, tu es décidément l'unique personne qui arrive encore à me faire rire. L'Institut d'Art Théâtral, tu y vas tous les jours ... quelle chance tu as ! Moi, je vais tous les jours à l'Office Cantonal du Travail. Ils m'ont félicitée pour l'excellence de mon français. L'assistante sociale m'a dit, que j'avais un vocabulaire très riche, une grande aisance dans l'expression : elle m'a donc conseillé de chercher une place de ... vendeuse dans un grand magasin.

IOANA Chère grande soeur triste et incomparable, ne crois pas être la seule à broyer du noir : nos pionniers sont très abattus, ils se demandent à quoi sert la vie, si nous n'avons pas commis une erreur irréparable en naissant ... ici. Alfred fait des siennes : il passe son temps à se faire photographier et nous assène partout son portrait rajeuni, retouché, imprimé sur le papier glacé de ses trop nombreuses oeuvres ... Ne te laisse pas abattre, amuse-toi, tiens bon, je ne sais pas, moi : fume des cigarettes Kent, bois du Martini blanc ...

ALEXANDRA Ici, il y en a trop : de Kent, comme de Martini. Du coup, je n'en ai plus la moindre envie ... ils me donnent même la nausée. Peut-être justement parce qu'il y en a partout. Te rappelles-tu ce voyageur étranger qui, devant un grand hôtel, nous faisait de l'oeil nous invitant à monter chez lui et nous agitant un paquet de Kent sous le nez ? Quand nous lui avons tourné le dos, il est allé jusqu'à : "two Kent, two for you two" Tu vois à combien nous évalue l'Etranger ... Ici, j'ai tout le temps la nausée : le matin, le soir, en bus, en voiture, en montant les innombrables collines de Lausanne. Les gens sont pourtant gentils, l'air pur, le pays très beau ... Mais je me sens mal partout et je n'arrive pas à vomir. A vomir quoi ? La bile, les souvenirs ? Le mal de pays ... Je dois être enceinte de la Roumanie. J'ai dû en prendre par mégarde un bout en moi. Un petit bout de pays qui doit être en train de traverser les premiers mois de sa gestation intra-utérine, ceux qui vous soulèvent le coeur ...

IOANA Tu as eu le courage de t'en aller : maintenant nous comptons sur toi. Il faut que tu fasses savoir là-bas que nous existons et à quel prix nous survivons , qu'il ne faut pas qu'on nous oublie ...

ALEXANDRA (au fond du lit, entourée de livres et de cahiers, jette par terre, soudain et avec rage, un dictionnaire) Mon Dieu, le français, quelle langue ! Je me suis attelée à la traduction de mes pièces. Dire que j'ai choisi le français pour me faciliter la tâche ... Dès que j'ai une idée à exprimer, pas de problème : les mots sont là, limpides et précis. Mais dès que je m'attaque au moindre sentiment, le vocabulaire se dérobe. Pour traduire "dor de tara", je n'ai trouvé que "mal du pays". Et si on n'a précisément pas mal ... Si c'est plus insidieux que ça, précisément comme le "dor" ? Nostalgie, mélancolie, ça existe encore mais pour "dor", cette tristesse de l'âme qui se languit, au-delà même de la souffrance, va chercher ... On dirait la langue d'érudits essayistes qui n'ont ni boyaux ni coeur qui chavire. Nous, nous avons un langage de fibres, de tripes, de nerfs mis à vifs ... Le français n'est qu'une langue du cerveau. Faudra-t-il que je m'ampute de tout le reste pour pouvoir réentendre ma voix ?

6

PREMIER COUP DE FIL

Alexandra se dirige, à l'avant-scène jardin, vers un appareil téléphonique ; durant toute la conversation, elle ne cessera de le gaver de pièces tout en surveillant d'un oeil inquiet le compteur.

ALEXANDRA (devant le téléphone, bouleversée, s'adosse à tâtons au mur, dès qu'elle entend la voix de Ioana) Allô ?

IOANA Allô !

ALEXANDRA C'est moi ...

IOANA ... Je sais.

ALEXANDRA Tu m'entends ?

IOANA Comme si tu étais dans la pièce ...

ALEXANDRA Tout va bien ?

IOANA Comme d'habitude. Et toi ?

ALEXANDRA Aussi.

IOANA Tu t'habitues ?

ALEXANDRA Comment va maman ?

IOANA Bien : juste de petites douleurs.

ALEXANDRA Graves ?

IOANA Non : ça doit être le début d'une grippe.

ALEXANDRA (toussant) Il faut qu'elle se soigne.

IOANA Toi aussi. Tu as vu un médecin?...Il paraît qu'il y en a de très bons en Suisse ...

ALEXANDRA C'est ça, comme le chocolat ...

IOANA (qui n'a pas compris) Je n'ai pas bien entendu ...

ALEXANDRA Rien ... Je n'ai pas encore eu le temps ... d'aller voir un médecin.

IOANA Et toi, tu t'habitues ?

ALEXANDRA Tu me manques. Tout me manque.

IOANA Toi aussi, tu nous manques. Je reçois tes lettres. Toutes, je crois. Il y en a eu vingt-trois.

ALEXANDRA Il doit y avoir encore deux en route : je deviens graphomane.

IOANA Tu t'habitues ?

ALEXANDRA C'est encore trop tôt pour le savoir ... Mais je fais de mon mieux : je suis le même brave petit soldat de toujours (salut militaire très brusque).

IOANA C'est très différent ?

ALEXANDRA Je ne sais pas encore.

IOANA C'est vrai qu'il y a de tout ... et sans files ?

ALEXANDRA C'est vrai qu'on trouve de tout mais tout est si différent
aussi ...

IOANA Quoi ?

ALEXANDRA Les gens surtout ...

IOANA Ils sont comment ?

ALEXANDRA Morts ... Dévitalisés. Comme les dents bien soignées.

IOANA (effrayée) C'est vrai ?

ALEXANDRA (essayant de rire) Mais non, ils sont juste un peu tristes
... Taciturnes aussi ... Ils sont gris, style empaillé ! Pas de l'art brut
comme nous.

IOANA J'ai lu qu'il y avait là-bas une crise terrible...

ALEXANDRA Terrible ! Ils rêvent tous de passer à l'Est comme
réfugiés économiques chez nous.

IOANA Cela doit te coûter une fortune.

D'où tu téléphones ?

ALEXANDRA D'une poste. Celle de la gare. Les autres sont fermées le soir.

IOANA Maman n'est pas à la maison : elle va regretter de t'avoir ratée.

ALEXANDRA Elle ne m'a pas ratée : elle m'a réussie (rire nerveux).

IOANA Je n'aime pas quand tu ris comme ça : c'est signe que tu vas mal.

ALEXANDRA Embrasse maman de ma part. Grand-mère aussi. Embrasse tout le monde.

IOANA Nous pensons à toi. Tous.

ALEXANDRA Je rappellerai ... dès que j'aurai un peu d'argent.

IOANA Je t'aime.

ALEXANDRA Moi aussi, je t'aime.

IOANA Il fait froid la bas ?

ALEXANDRA Oui.

IOANA Ici, le printemps est encore si loin.

ALEXANDRA Ici aussi.

IOANA N'oublie pas : ensemble !

ALEXANDRA Toujours.

(Chacune dans son espace, elles raccrochent au même moment).

7

LETTRES

ALEXANDRA Ma chérie, nous avons parlé ce soir au téléphone. Pour
la première fois depuis que je suis partie. Cinq minutes, c'est court.
Ce furent les cinq minutes les plus courtes de ma vie. On a tant de
choses à se dire ... Mais il faut être raisonnable : on ne parlera
chaque fois que cinq minutes sinon tout mon argent y passerait. Ta
voix était douce mais forte ... moi, je me traînais. Je me meurs
doucement, je n'atteindrai peut-être pas ma vingtième année. Tous
les horticulteurs le savent : il ne faut pas changer de pot une plante
trop mûre ...

IOANA (seule dans sa pièce, répète le rôle de Puck) "Je suis le joyeux
rôdeur de la nuit. J'amuse Obéron quand je séduis un étalon gras et
nourri de bonnes fèves en hennissant comme une pouliche en
chaleur. Il sourit ... J'amuse Titania quand je me niche entre les
cuisses d'une commère en prenant la forme exacte d'une pomme
cuite. Elle rit ... Alors je me dérobe sous son imposant derrière et

elle se retrouve par terre, ses vieilles jambes en l'air et hoquetante de surprise. Là toute l'assemblée, le monde entier qui est le public de l'espiègle Puck, (pleure) se tient les côtes de rire, en pouffe de joie, éternue, suffoque et jure que jamais le pays n'a été plus gai ...." (sans transition) Jour des examens : je présente Puck.

ALEXANDRA Ah, les examens ! ... Comme je voudrais être à ta place.(à bout) Au lieu de moisir dans cette pièce à écrire des curricula et des offres d'emploi ... aux grands magasins ! (se reprenant) Il est trop tôt pour que tu saches les résultats mais je suis sûre que tu es reçue.

IOANA J'ai enfin compris le texte tel que tu me l'as traduit : Puck n'est qu'un bouffon dans une terrible mascarade où un couple de dieux-tyrans s'amuse à brouiller la tête des mortels. Dans le passage joyeux de la fin, je me suis mise à pleurer. Dans les indications, tu avais bien écrit : "il en pleure de joie ou en rit de malheur". Je ne voyais pas. C'est venu pendant l'examen : parce que je jouais pour toi ... La commission, je m'en fichais à cet instant-là. Les professeurs ont été soufflés, ébahis, applaudissant comme les étudiants ... Que ferai-je l'année prochaine quand tu ne seras pas là pour m'aider ? ... Gina, ta prof, m'a dit : "Si tu écris à Alexandra, dis-lui que je l'ai entendue aujourd'hui dans Puck".

ALEXANDRA Ma chère petite, je suis si fière de ton succès ! Sois sûre qu'il n'y a que Shakespeare et toi à féliciter. Et comme je n'ai pas eu la joie de connaître le premier, je lui aurais sauté au cou sans autre forme de déclaration, c'est sur toi que je déverse mes bravos. (soudain sombre) Tu me conseilles dans tes lettres de me "remuer".

J'essaye. Mes manuscrits, je les ai déposés dans tous les théâtres de la ville. J'ai téléphoné ensuite au moins quatre fois à chacun des théâtres. Et tu sais combien les démarches me mettent mal à l'aise ... Personne n'a l'air de vouloir lire. Ils me disent que je devrais être recommandée par un metteur en scène.

Je l'ai pris à l'humour. J'ai écrit une lettre en tant qu'Alexandra - Popesco - metteur - en - scène au sujet d'Alexandra - Popesco-auteur-d'avenir que j'appréciais beaucoup, que je recommandais chaleureusement et que je me disais prête à monter sous huitaine. Cela n'a pas fait rire non plus. Maintenant je n'ai plus de manuscrits. C'en est drôle : chez nous, tout le monde lisait et le problème n'était ni d'écrire ni d'être lu, mais de trouver une photocopieuse qui ne soit pas sous contrôle. Ici les photocopieuses fleurissent partout comme des champignons après la pluie : il y en a même dans la rue mais je n'ai plus d'argent pour tirer des copies. Ici tout est argent. La seule personne qui a pris la peine de lire mes pièces est le directeur d'un théâtre de poche. Il m'a téléphoné pour me dire que, si je trouvais l'argent de la production, ma pièce lui conviendrait tout à fait. Je lui ai demandé pourquoi aurais-je encore besoin de lui si je trouvais l'argent de la production, si j'avais écrit la pièce et si j'en faisais la mise en scène. Je te donne en mille ce qu'il m'a répondu. Une expression bien de chez nous, un instant je me suis crue à la maison ... Il m'a dit : "C'est le système". Evidemment, je lui ai répondu la phrase rituelle :" C'est la merde". La seule différence avec chez nous est qu'il a pu me répondre : "En effet, c'est la merde".

IOANA Ma petite chérie, voilà seulement neuf mois que tu es là-bas et tu as déjà oublié bien de choses ... Ta dernière lettre,   "C'est la merde". Eh bien, Tante Prudence ne l'a pas appréciée. On m'y a convoquée pour me faire savoir que ça allait passer pour une fois, parce qu'il y avait autour une sacrée critique du système capitaliste mais qu'il faudra arrêter à l'avenir. On nous fait déjà une faveur de nous laisser correspondre. Un des employés de Tante Prudence a été, dans sa jeunesse, l'élève de notre oncle Ioan Popescu, le peintre, et l'adorait. Voilà pourquoi Tante Prudence laisse passer nos petits mots mais il ne faut pas trop tendre la corde, enfin : tu comprends ... Pauvre Tante Prudence, elle se fait vieille et tu le sais bien : les vieillards veulent tout contrôler, ils sont soupçonneux, surtout envers les jeunes ...

ALEXANDRA (tapant rageusement sur sa machine) Le temps est splendide, le ciel est bleu, les nuages cotonneux ! Il fait moins cinq degrés à Lausanne et moins dix à Saint-Cierges ...

(Elle s'arrête, va retrouver la robe de mariée, l'enfile, se dirige vers l'avant-scène jardin, attend d'entrer en scène comme si elle était en coulisse, on envoie la musique : la Marche Nuptiale du Songe d'une Nuit d'Eté de Mendelssohn ; Alexandra entre en scène, l'air contrit, regarde la pièce, ouvre sa valise, y jette son bouquet de mariée, jette par dessus deux manuscrits, ferme la valise, esquisse une valse dérisoire sur la musique triomphale, tenant la valise dans ses bras comme un partenaire, soudain la musique déraille, devenant une cacophonie indescriptible à partir de laquelle se dégage l'Hymne à la Joie de Beethoven. Alexandra ouvre la valise : manuscrits et bouquet roulent par terre. Elle retourne la valise au-dessus de sa tête : une pluie de confettis blancs pleut doucement sur elle alors qu'elle sort de la pièce en laissant la porte ouverte ...

IOANA (écrit, tout en pleurant) Il neige à la maison ...

* * *

IOANA (heureuse) Triomphe : Puck a été repris en lever de rideau au Théâtre Bulandra. J'y joue tous les soirs. Hier, comme d'habitude, la salle était pleine. Les applaudissements m'ont complètement grisée. Tu n'auras donc droit, ma grande soeur modeste, qu'à ma gueule de bois mais aussi à mon éternel "je t'aime". (très excitée) Qu'est-ce qu'on porte là-bas cette année ? Je dois m'habiller pour la fête de fin d'année au Théâtre. Tu dois avoir de si belles robes ...

ALEXANDRA (ricanant) En effet, j'ai une garde-robe splendide ! (elle ouvre en grand les portes de l'armoire : elle est complètement vide) Ici, il y a des robes superbes et des fous inspirés qu'on appelle les grands couturiers. Ils créent des robes magnifiques et si excentriques que personne ne peut les porter. Cela sert à alimenter les journaux en belles photos. Tu verrais leurs magazines : que des potins. Des veuves illustres, des chanteuses sans voix, des starlettes qui écrivent et des écrivains qui poussent la chansonnette, des boxeurs et des princesses d'opérette qui se marient, divorcent, attrapent un rhume et vivent mille autres cataclysmes métaphysiques. Vraiment : un monde en voie de sous-développement culturel comme je l'ai entendu dire à un aborigène qui essaye de résister au progrès. Politiquement, je ne t'en parle même pas : ils sont clairvoyants comme des taupes. Ils disent, entre autres perles, que Alfred est un grand homme politique, un défenseur des droits de l'homme et que nous, tous ceux qui l'avons fui, sommes des parannos qui tentons de nous justifier au mieux, des réfugiés économiques au pire.

IOANA Tout de même : voir en Alfred un défenseur des droits de l'homme ... Ils ne sont pas tous fous !

ALEXANDRA Non, ils sont aveugles ... Je me suis engagée comme vendeuse dans un grand magasin. Rayon colifichets. Tu vois : ma route vers l'infiniment futile se précise. Huit heures par jour, je vends des parapluies, des ceintures et des mouchoirs. Aujourd'hui, une vieille dame m'a expliqué comment fermer un parapluie, tenant compte que le chemin le plus court entre deux points est la ligne droite, donc : la baleine. Ce cours particulier a duré une demi-heure entrecoupée de "Vous comprenez ce que je veux dire ?" qu'elle me criait comme si j'étais sourde. J'ai fini par lui dire : "C'est pas parce que j'ai un accent que je suis sourde". Elle m'a répondu : "Parlez plus fort. Je n'entends rien"

IOANA On a convoqué maman pour lui dire qu'il n'était pas question qu'elle fasse le moindre voyage hors des frontières. Le type a ajouté : "Si j'avais une fille comme la vôtre, je la fusillerais". Maman en est malade ... Méfie-toi des compatriotes que tu rencontres. Comme tu le disais souvent : on n'est jamais trop prudent.

ALEXANDRA J'ai vendu un parapluie à une femme enceinte. J'étais émue : parce que j'étais jalouse. Quand je fais une erreur de frappe à la caisse, au lieu de taper un ticket nul, c'est difficile et il faut faire venir la chef de rayon de l'autre bout du magasin, je déduis le surplus du prochain achat ou, si je n'ai pas assez tapé, je rajoute la différence au montant du prochain achat. Cela se fait tout seul : tu sais que j'ai toujours été une calculatrice prodige. Je pensais qu'ils allaient être contents parce que je ne dérangeais pas la chef de rayon et que je n'encombrais pas la comptabilité de nuls. Autant pour moi ! Ils m'ont dit : vous, les étrangers, vous avez toujours des combines.

IOANA Heureusement que tu es partie. A l'Institut ils parlent de plus en plus de supprimer la classe de mise en scène : il paraît que c'est un nid de contestataires.

ALEXANDRA (entre, tenant un grand emballage cadeau dans les bras) Oufff, en l'honneur de tes succès au théâtre, je t'ai acheté avec ma première paye de vendeuse, une robe du soir, une vraie ... A part ça, quand il y a des clientes qui veulent raccourcir des ceintures, je me cache : j'en ai déjà bousillé trois, ce mois. Leur prix a été déduit de mon salaire. Je n'ai jamais été très manuelle. L'achat des chaussures assortis à ta robe est reporté donc au prochain exercice comptable. (elle sort du placard une assiette, coupe un oeuf dur en deux et en mange une des moitiés pendant la lettre suivante de Ioana)

IOANA La robe est superbe, elle a épaté tout le monde, moi la première ... Je la porterai pour fêter la parution de ton premier livre ... Bizarre : on parle d'un contrôle gynécologique obligatoire sur les lieux de travail. Ca doit être une rumeur ... As-tu assez à manger ?

ALEXANDRA Oui, bien sûr ! Que vas-tu chercher ? (comme attrapée sur le fait, elle cache l'assiette avec la moitié d'oeuf dans le placard)

Je partage ma chambre avec une autre fille. Problème : elle ne supporte pas la lumière quand elle dort. Or, comme j'écris la nuit, je vais trouver mon inspiration aux chiottes, sur le palier. Il doit être écrit que, quoique je fasse, je dois rester un auteur de cabinet. Quand j'en ai assez, je vais voir les cygnes au bord du lac. Porte la robe du soir autant que tu le peux. Ne la garde pas pour la parution de mon livre en français. Ce n'est vraiment pas demain la veille : je fais des fautes de grammaire, mon vocabulaire est pauvre, sans parler de cette satanée concordance des temps. (coupe un nouvel oeuf en deux, en mange une moitié, remettant l'autre et l'assiette en lieu sûr) Pourtant, des efforts, j'en fais : je ne lis rien dans notre langue, sauf tes lettres et mes pièces. Que personne ne demande mais que je traduis patiemment, tous les soirs, au rythme vertigineux de deux pages par soir, plutôt : par nuit ...

IOANA Maman tousse, elle refuse de se faire soigner. Demande-lui de voir un médecin. Toi, elle t'écoute toujours. Mais n'en parle surtout pas dans les lettres que tu m'envoies. Je les lui fais lire toutes et elle ne veut pas que je te raconte ses problèmes de santé pour ne pas t'inquiéter.

ALEXANDRA Ca va t'étonner que je sois si affligée par une chose connue de tous mais c'est grave : la Suisse n'a pas de mer. Tu me diras qu'à quelqu'un de calé en géographie comme je suis censée l'être, cela ne devrait pas faire l'effet d'une nouveauté ... et pourtant ... Ce n'est rien de le savoir. Mais le réaliser ... Dans les yeux de chaque passant, je le vois, je le lis, je l'entends : c'est un pays sans mer. Ils ont de beaux yeux, souvent clairs, mélancoliques, rêveurs mais il y manque une couleur : celle de la mer. Chez nous, je ne sais pas moi, je ne m'en rendais pas compte : c'était si évident. Même si tout allait mal, nous pouvions imaginer dans nos rêves tout notre peuple embarqué sur des esquifs de fortune, allant de la bassine pour les pieds aux tonneaux, quittant cette terre aimée pour se réfugier vers l'horizon de la mer. Mais la Suisse n'a pas de mer. Things that money can't buy ... Aujourd'hui je me suis offert une grande promenade au bord du lac, dans le bois de Vidy. J'étais presque heureuse quand, soudain, je tombe sur le cube argenté du Théâtre de Vidy. Comme un reproche : qu'ai je fait ? Qu'ai-je réalisé ? Je suis si loin du théâtre ... C'était le jour de mes vingt ans.

IOANA Joyeux anniversaire, ma grande : la vie est devant toi, le monde aussi. Gabriela a épousé un étranger. Elle va partir dès qu'elle aura son passeport. Les garçons sont partis à l'armée, leurs coffres en bois à la main : c'était d'un triste ... Radu est affecté dans un village des montagnes. Je lui envoie toutes les semaines des colis de nourriture ... comme une brave femme de prisonnier. Je travaille Ismène pour la rentrée. Ana est morte suite à ce que tu imagines : septicémie ... survenue au troisième mois.

ALEXANDRA Je travaille à la Cité des enfants. Dans un superbe paysage de montagne. Je prends le train à Lausanne pour Vevey, ensuite un tortillard très romantique jusqu'à Blonay. Moi qui aime tellement les enfants, j'en vois : des autistes, des débiles profonds, de petits légumes. Il faut les surveiller tout le temps. Surtout dehors : ils mangent l'herbe. Il faut aussi leur interdire de se branler. J'ai demandé à la directrice pourquoi. Elle m'a regardé de travers, elle m'a dit qu'elle me croyait une fille rangée ... et qu'elle était déçue. Ce qui ne m'explique pas pourquoi ces petits malheureux n'ont pas le droit de se branler. Au moins. J'ai passé le diplôme supérieur de français de L'Alliance Française. Mention "très honorable". Rangée, honorable, tu vois bien : je ne m'en sortirai jamais. Ma demande d'asile a enfin été acceptée. J'ai un titre de voyage suisse et droit à une bourse. Si je repasse le bac. Le bac roumain n'étant pas reconnu, il faut que je recommence tout. D'ici un mois ... J'en ai ras le bol de devoir tout faire deux fois. Il n'y a qu'à moi que cela arrive ...

IOANA Il est arrivé une histoire terrible à Cristina. Tu sais qu'elle était folle amoureuse d'un architecte. Qui avait l'air très bien, il faut le dire. Mais il ne la regardait même pas. Jusqu'à cet été quand, au bout de trois ans d'indifférence, il s'est mis soudain à la courtiser. Rendez-vous, cadeaux, le grand jeu. Notre Cristina : aux nues. Surtout qu'elle venait de réussir le concours d'entrée en médecine. Au bout de dix jours d'idylle, le type veut l'épouser à tout prix. Et tout de suite. Cristina, folle de joie, ne veut pas avoir l'air trop pressée : elle lui suggère délicatement qu'ils ne se connaissent pas intimement et qu'elle comprend parfaitement qu'un type aussi bien que lui, ait l'envie et le droit, même avant le mariage ... Là-dessus le type se montre horriblement vexé : il est un grand romantique, il ne faut pas le prendre pour un obsédé de la baise, faut pas le confondre avec tous les autres, tu vois le genre ... Cristina avait peur de le perdre, tellement il était en colère. Elle a dit "oui" pour le mariage. Dans la nuit, il lui a fait rassembler tous les papiers nécessaires. Il ne l'a quittée que pour dormir : il voulait se garder chaste jusqu'au mariage.

Il a donc débarqué à huit heures du matin pour l'accompagner au Conseil Populaire, où ils ont déposé leur actes pour la publication des bans. Ensuite elle ne l'a pas revu pendant deux mois : il avait, soit disant, un chantier à 500 km de la capitale. Cristina a voulu le suivre, il a refusé net : il craignait de souiller avant terme, emporté par le désir, leur chaste union. Il est revenu le jour du mariage civil. J'ai été invitée : Cristina rayonnait, elle était belle. Vraiment. La cérémonie se passe bien et nous repartons tous nous changer pour le soir. Nous débarquons chez Cristina à neuf heures ... pour la trouver seule. On attend l'époux une heure, deux ... Vers minuit, très gênés, nous sommes tous partis. Le type n'est pas reparu depuis. Radu a fait faire des recherches : pour apprendre qu'il avait quitté le territoire dès qu'il avait eu son passeport. Tu sais bien qu'on ne donne des passeports qu'à ceux qui laissent de la famille au pays. Or le type était orphelin. Qu'est-ce qu'il s'était dit? Bricolons-nous vite une famille. Si ce n'est que ça ... Cristina l'a appris. Après deux mois d'électrochocs à l'Hôpital Central, on l'a mise définitivement dans un asile. Elle s'y ballade dans les couloirs avec la photo de son blanc mari, demandant aux passants s'ils ne l'ont pas vu, leur montrant l'alliance, l'acte de mariage ...

ALEXANDRA Heureuse ! J'ai réussi mon bac suisse. Aucun mérite. C'était une session spéciale : rien que des étrangers. Et un niveau, dans l'ensemble : abyssal ! Le président de la commission m'a dit : " Mademoiselle Popesco, moi et la commission toute entière, nous sommes heureux d'avoir assisté à un examen comme le vôtre." Je soupçonne fort la plupart des candidats de ne pas parler le français. Dans le lot, il y avait la fille de notre ambassadeur à Berne. Chaperonnée par une camarade qui était sa propre mère. Tu aurais vu comment elles évitaient de me parler ou même de me regarder dès qu'on devait attendre dans la même salle, tu aurais ri. J'en avais pitié, faut le faire ... Evidemment, elle n'a pas réussi. Je ne me fais pas de souci : il doit y avoir une bourse à l'Université Lomonosov qui l'attend bien au chaud ... et un poste dans la diplomatie tout de suite après.   Un des examinateurs m'a invitée à dîner après les résultats. Je craignais pour ma vertu mais il s'est très bien tenu : il a passé la soirée à s'extasier sur mon intelligence. Heureusement qu'il a placé aussi une périphrase sur ma beauté, sans quoi j'aurais été carrément vexée. Tu vois : j'ai déjà des galants qui me donnent à manger. Ne m'envoie plus de colis de nourriture. C'est ridicule : vous n'avez presque rien à manger, alors qu'ici c'est l'opulence. Si tu veux vraiment m'envoyer quelque chose, envoie-moi les comédies de Caratchek. Si je suis incapable d'écrire, que je traduise au moins. On croit au départ qu'on porte le bâton de maréchal dans sa gibecière et, pour finir, on se contenterait d'y trouver ne fut-ce que la gamelle du simple soldat. C'est l'automne.

IOANA J'ai voulu t'envoyer les pièces de ton cher Caratchek mais, cela va t'étonner, je ne les ai pas trouvées. Ils ne réimpriment plus ses oeuvres. Pourtant, c'est un de nos classiques et des fragments de ses oeuvres sont dans les manuels scolaires. Tu vois, Alfred s'attaque même aux classiques. Je t'envoie juste ces quelques pages de Caratchek, arrachées à mon manuel de lycée. Je crois de plus en plus que tu as pris jadis la bonne décision.

ALEXANDRA Je suis une femme casée : pour quatre ans au moins. En raison de mes excellents résultats au bac, j'ai eu une bourse. A condition de faire du droit. Passe : trois repas par jour valent bien une messe juridique. Maintenant, je peux te le dire : j'ai eu faim pendant un an ! Je me nourrissais de salade et, pour les protéines, d'un demi-oeuf par jour. Dire que, née au Tiers Monde, j'ai dû arriver en Suisse pour souffrir de la faim. Je ne peux rien faire comme tout le monde. N'en parlons plus : c'est derrière nous. La nourriture assurée, la survie reste parfois difficile. J'ai rencontré quelques-uns de mes futurs condisciples en droit. La conversation a glissé comme par hasard vers Alfred. Je leur dis que c'est un fou. Ils me répondent : "pourquoi êtes-vous si agressive ?". Je leur réplique : "je ne suis pas agressive, je suis passionnée." Je voulais dire : vivante. Ils m'ont dit : ici, on ne crie pas ; ici, c'est une démocratie".

Après le premier cours de droit, un étudiant, visiblement bien intentionné, me demande si chez nous il y a des magasins "comme ici". Je lui ai resservi qu'on circulait habillés de peaux de bêtes et que la cérémonie de mariage consistait en ceci : un homme assomme son élue ensuite il la traîne par les cheveux devant son foyer où il allume le feu en frottant deux bâtonnets. Comme il ne comprenait toujours pas, je me suis servie d'une parabole. Je lui ai dit : chez vous, c'est marqué sur la boutique "Jean le Boucher" et dedans il y a de la viande. Chez nous c'est marqué "Viande" au-dessus de la boutique et dedans il y a Jean le Boucher. Long feu. Aujourd'hui nous avons eu le premier cours de droit constitutionnel. Bilan de la terrifiante révolution suisse : quatre morts. Un vrai carnage ! Et avec un passé comme ça je veux qu'il comprennent mes paraboles. Ca frise la cruauté mentale.

IOANA Quand recommenceras-tu à écrire ?

ALEXANDRA J'ai entendu une étudiante dire que la saucisse qu'elle était en train de manger au restaurant universitaire était géniale.

Oui, tu as bien lu : gé-ni-a-le. Une saucisse ! Pas fameuse d'ailleurs. Si une saucisse est géniale, que dire de Beethoven ? Moi, je déclare forfait. Les mots me manquent. Et manquer de mots est un empêchement majeur pour un écrivain ... J'ai été aussi à une réunion de théâttreux : un comédien y disait à l'auteur : "Donnez-moi la clef de votre univers pour que je puisse y entrer". Fayot ! Notre Caratchek lui aurait répondu tout de suite : "Lis, animal, lis ! C'est écrit" ... Mais ici on ne crie pas.

IOANA (essayant des postures de yoga) Calme-toi, retrouve ta sérénité, tes forces, fais abstraction de l'incompréhension. Ca prendra le temps que ça prendra mais tu y arriveras (soudain très énervée, abandonnant sa posture pour mettre les poings sur les hanches comme une commère) Ici, les hommes commencent à avoir une mentalité détestable : ils sont devenus si opportunistes qu'une fille doit avoir un diplôme universitaire, une maison et si possible une voiture pour pouvoir espérer de se marier. Evidemment, elle doit être aussi jolie, douce et encore ... elle voudrait de n'importe quel homme. Même mariée ainsi, elle n'est pas tranquille : divorce immédiat si elle ne peut pas avoir d'enfant. Il y a même des fanfarons de café qui disent, très satisfaits d'eux-mêmes : il ne faut pas regarder les femmes mais ce qu'elles ont dans leur cabas !...

ALEXANDRA Je me suis interdit d'écrire ou de lire dans notre langue : soit ça casse soit ça passe. Ce n'est qu'avec toi que je m'offre ce plaisir ... Sinon, ça me fait trop mal. Ah, inaccessible langue aimée ... Resteras-tu toujours tapie au fond de mon coeur, m'empêchant de me donner à d'autres amours ?... Chère petite soeur, j'ai fait un rêve épouvantable : j'ai rêvé qu'on nous accordait cinq minutes d'entrevue dans un no man's land. Je voulais te crier quelque chose mais j'étais devenue muette. Au prix de terribles efforts, j'arrive à te crier "Toujours ensemble". Je savais que c'était mes derniers mots, que l'effort était si grand qu'après je n'allais plus jamais pouvoir parler. Je l'ai donc crié de toutes mes forces : "Toujours ensemble". Et là j'ai réalisé que tu étais devenue sourde ...

IOANA Cela me semble incroyable qu'ils puissent aimer Alfred là-bas ... Tu es sûre que tu fréquentes des gens bien ?

ALEXANDRA (rit) Hier j'ai été voir un médecin. Quand il a appris de quel pays je venais, il m'a dit : "Et ils n'ont pas besoin de jeunes comme vous là-bas ?" ... Il était très satisfait de lui. A la Faculté, je m'engueule tout le temps. Avec trois jeunes contestataires qui se disent marxistes. Tu me diras : pourquoi tu leur parles ? Parce que, curieusement, ce sont eux qui ont l'air le plus vivant parmi tous les étudiants ... N'empêche : on ne peut pas s'entendre pour autant. La différence entre eux et moi c'est que moi j'ai lu Marx et, même si je l'ai lu sous la contrainte, cela ne m'a pas empêché de comprendre ... et d'aimer des passages. Eux, ils ne sont pas arrivés au quart du premier tome du Capital.   Ce jeudi 1er mai 1975 : chute de Saigon. On a vu à la télévision les images des gens prenant d'assaut les camions, les familles démembrées, les premiers règlements de comptes. Les étudiants en théologie ont offert un pot dans leur joie hystérique ... Que devient Obéron, tu ne m'en parles plus ...?

IOANA Je travaille Médée. Radu m'a quittée : il se marie le mois prochain. Evidemment, comme il est de coutume, j'étais la seule à ignorer qu'il avait une autre liaison. Mais grand succès pour la reprise de Puck en levée de rideau. Obéron était justement hier soir dans la salle. Il écrit maintenant des odes à Alfred, il organise des spectacles avec des milliers de figurants, il est très connu et très puissant. Ca a fait un bel effet qu'il soit là.

ALEXANDRA (parcourant la lettre) Un bel effet : Puck parmi les brigands ...
(tout doucement, elle sort de scène par la porte du fond)

IOANA Il est venu dans ma loge, pour me féliciter et, évidemment, pour me demander de tes nouvelles. C'est curieux : il n'a pas reconnu que le texte était modifié ni même soupçonné que c'était par toi ... Je croyais qu'il te connaissait davantage ... Ne sois pas triste pour moi : je m'en fous pour Radu. Il y a mieux.

ALEXANDRA (entrant par une des portes latérales du théâtre, longe les chaises du public et l'avant-scène, remonte sur la scène du côté jardin) J'ai enfin fait le rêve classique du réfugié. Nous y passons tous ici et je commençais à m'inquiéter de ne l'avoir jamais fait. Maintenant ce qui m'inquiète c'est que ce rêve revienne. C'était terrible : je me trouvais à nouveau chez nous, sans trop savoir pourquoi. J'étais épouvantée : je réalisais très bien que c'était interdit. Je me cachais lorsque je croisais un passant, de peur d'être reconnue. Je me disais tout le temps : mais qu'est-ce qui m'a pris de revenir, pourquoi ai-je fait ça ? Ils vont m'arrêter tout de suite. J'étais dans un faubourg de la capitale et mon seul espoir était d'arriver à te voir avant qu'ils ne m'arrêtent. Soudain, une foule nombreuse envahit les rues : impossible de se cacher. Je suis entraînée par cette foule, moitié effrayée, moitié ravie. C'était si bon de voir tant de visages connus, d'entendre tout ce monde parler sa langue maternelle. Je goûtais chaque syllabe, chaque intonation. Je reconnaissais la langue mais je ne comprenais pas un seul mot. Si cela se trouve, peut-être que toute cette foule m'avait reconnue et parlait de moi. Sans savoir comment j'étais revenue, je n'avais qu'une préoccupation : ressortir du pays ...

IOANA Pour les vacances d'été, je suis allée à la mer. Seule. Je veux dire sans maman. Je te raconterai.

ALEXANDRA (devant son miroir, met des bigoudis...assez maladroitement : elle n'a jamais été très manuelle) Qui est le beau ténébreux accouru te consoler au bord de la mer de ton chagrin d'amour avec Radu ?. Moi, j'ai été en Provence avec des camarades d'études. C'est la première fois que je sors de Suisse. Maintenant que j'ai un titre de voyage orné de la belle croix helvétique, je ne m'en priverai plus. A moi, le vaste monde ! Nous avons commencé par visiter Orange. Il y a un formidable festival rock. J'y ai entendu un groupe exceptionnel, je t'ai envoyé une cassette. Ils jouaient dans le théâtre romain en plein air. Jusqu'à l'aube. Tous les jeunes affalés sur les gradins fumaient de l' herbe. Je n'y ai pas touché. Peut-être j'ai eu tort. Mais comme tout le monde se fichait de moi parce que je refusais, j'ai persévéré.

IOANA (sur un fond de musique rock, Ioana danse dans une surprise-party) Je ne comprends pas pourquoi vous fumiez de l'herbe à Orange. Vous n'aviez plus de cigarettes, c'était moins cher, c'est une mode ? Merci pour la cassette. Elle est formidable, en effet. J'imagine le bonheur d'écouter cette musique dans un théâtre romain avec un toit d'étoiles. Ta cassette a fait le tour des copains qui l'ont tous enregistrée. Tu sais bien ce que pense Tante Prudence du rock. Alors tout le monde s'est rué sur cette musique censée ne pas exister chez nous.

ALEXANDRA Nous sommes aussi allés au Festival de théâtre d'Avignon. C'est une folie : tant de spectacles, tant de lieux, tant de gens de théâtre. Qui jouent ce qu'ils veulent, sans aucune autorisation préalable ... Est-ce que ceux qui ont la joie d'y être joués ou d'y jouer se rendent-ils compte de leur bonheur ? Quand aurai-je moi aussi une pièce en Avignon ? Quand le peuplier donnera des poires et le saule pleureur des primevères ...

IOANA C'est la rentrée. Remue-toi avec tes textes : tu auras un de ces succès ... Il faut seulement que tu arrives à te faire jouer.

ALEXANDRA (se met à rire) Seulement .... (elle rit à gorge déployée)

IOANA Ensuite laisse faire le public. Il t'a toujours suivie.

ALEXANDRA (faussement inquiète) Tu crois ? Je ne vois vraiment personne derrière moi.

IOANA (s'habillant dans un ensemble noir très chic mais aussi très daté années soixante) Croise les doigts pour ta petite soeur. Si tout va bien, avant même d'avoir fini l'Institut, j'aurai un engagement ferme au Théâtre National ! Maman a des ennuis de santé. Elle tousse presque tout le temps. Une grippe suivie d'une mauvaise bronchite. Et le printemps est encore si loin ... (Ioana commence à se maquiller)

ALEXANDRA Ici, la moitié de l'énergie et du temps de tous les gens de théâtre passent à rechercher l'argent de la production. C'est une quête qui requiert d'autres compétences que celles de l'auteur dramatique. C'est un autre métier : mendiant institutionnalisé ou chasseur de fonds professionnel, et je ne suis pas du tout douée pour. A peine maintenant je me rends compte de la chance que nous avions là-bas. L'argent au moins n'était jamais un problème : il n'y avait qu'à le demander à l'Etat. En contrepartie, on écrivait des textes sages ou qui avaient l'air tels. Comme les artistes-clients d'un prince un peu borné. C'était facile ... A part cela, j'arrive toujours en retard à la Fac ou je fais carrément l'école buissonnière. Avec une préférence marquée pour le droit constitutionnel que je loupe systématiquement. Et joyeusement. En revanche, je n'ai pas raté un seul cours de libertés publiques. Ca doit être l'attrait de la nouveauté ... (elle se dirige vers le téléphone public côté jardin, compose un numéro, le téléphone de Ioana sonne, celle-ci, interrompt son maquillage et décroche).

ALEXANDRA C'est moi.

IOANA (très embarrassée) Ah, c'est toi ?!

ALEXANDRA Je te dérange ?

IOANA Non, j'attends quelqu'un mais c'est pas grave.

ALEXANDRA Tu es étourdie, Puck. Ca doit être un homme.

IOANA Hmm hmm ...

ALEXANDRA Ton indécrottable prétendant Radu est revenu ?

IOANA Non.

ALEXANDRA C'est un nouveau alors ...

IOANA Si l'on veut.

ALEXANDRA Raconte !

IOANA ... Pas maintenant.

ALEXANDRA (blessée) Je comprends : il peut entrer d'un instant à
l'autre ... (ironique) Alors que moi, je téléphone tous les jours ...

IOANA Ne le prends pas mal, ma chérie. Tu es si gentille, si attentive
et moi si... débordée. (regardant sa bague) Tu as fait une folie :
m'envoyer cette bague qu'Andrei t'avait offerte... Tu es sûre que tu
ne tiens plus à lui ? ...Cela ne te ferait rien si tu apprenais qu'il est
avec une autre ?

ALEXANDRA Pourquoi ? il est avec quelqu'un ?

IOANA (trop vite) Non, pas du tout. Enfin, je n'en sais rien. Mais si
c'était le cas ... est-ce que cela te ferait de la peine ?

ALEXANDRA ... Deux ans sont passés ... De toutes les façons, sa bague, je ne peux plus la porter : j'ai les articulations qui gonflent. Plus aucune bague ne me va. Lausanne est bâtie au bord d'un lac et les rhumatismes y font florès.

IOANA Tu dois voir un médecin.

ALEXANDRA Oui, bien sûr ... Comment va maman ?

IOANA Pas très bien. Je t'ai envoyé une lettre avec les médicaments dont elle a besoin. Inutile de te le dire : on ne les trouve pas ici.

ALEXANDRA Je les envoie dès que je reçois la liste ... Bon, puisque tu es si impatiente pour ta visite, je te laisse.

IOANA (faussement enjouée) C'est ça, je te laisse. A bientôt ! (elle raccroche; Alexandra, sidérée, reste le combiné à la main. Bruit de la sonnette, Ioana se précipite vers la porte, l'ouvre, s'exclame) Andrei ! Entre. (C'est Ioana qui sort sur le pallier, disparaissant du champ visuel des spectateurs)

ALEXANDRA (raccroche doucement, reçoit dans la main les pièces inutilisées, crachées par le téléphone, les regarde éberluée) Trente ... (songeuse) Trente deniers ?... (Elle se dirige vers sa pièce, ouvre un livre, cherche fébrilement) Le songe d'une nuit d'été,... ah le voilà! (elle pince entre les doigts les pages de la pièce, les relâche, le livre s'ouvre de lui-même, Alexandra cherche sur la page ainsi désignée par le hasard) Obéron, ... Obéron ... passons ... nia nia ... tiens enfin

: Puck ! (lit) "C'est le destin qui l'ordonne : pour un homme qui garde sa foi, des millions doivent faiblir, brisant serments sur serments"... (reste songeuse, feuillette encore le livre, lit) "Assisterons-nous à cette amoureuse parade ? Seigneur, que ces mortels sont fous !" (elle regarde dans le vide, avec un sourire triste) Shakespeare, c'est vilain de rapporter. (elle jette le livre, se précipite vers la porte et bouscule Ioana qui est en train d'entrer. Ioana est très différente de la scène qui a précédé : grave, toujours de noir vêtue mais coiffée d'un foulard de deuil qui lui cache les cheveux ; les deux soeurs se regardent un instant, comme surprises de l'incongruité de cette rencontre ... Alexandra recule pour laisser le passage à Ioana) Pardon, Madame.

IOANA (se dirigeant vers sa pièce, comme si elle n'avait pas reconnu Alexandra) Pardon, Mademoiselle. (elle va doucement vers son lit, s'y assied, prostrée :) Ma belle, grande et douce, sois forte. Merci pour les médicaments. Ils sont arrivés hier. Maman est morte aujourd'hui. Nous sommes des survivantes.

ALEXANDRA Je deviens folle : je suis coincée. Si je retourne à la maison, je perds l'asile en Suisse...et là-bas on me coffre avant même d'arriver au cimetière. Après ton télégramme, j'ai pris le premier train pour Berne. Je me suis tout coltiné : l'Office Fédéral des Réfugiés, la Police des Etrangers. Tout le monde comprend que je veuille enterrer ma mère. Et partout la réponse est : NON ! Ils me disent haut et fort : si vous revenez dans votre pays, même pour une heure, vous ne pourrez jamais plus entrer en Suisse. Vous nous demandez l'asile parce que vous êtes persécutée là-bas et, à la première occasion, vous y retournez ... Mais l'occasion est la mort de ma mère ... "Ca, ce sont des choses qui arrivent" ... Tout ce que j'ai pu faire : reprendre le train, m'arrêter à Genève et y allumer un cierge à l'Eglise orthodoxe. J'ai prié, j'ai prié ... Pour un miracle. Mais le bon Dieu doit savoir que je suis une athée de longue date. Je m'en veux : je suis partie deux ans trop tôt. Je n'avais qu'à attendre, rester avec maman tant qu'elle était de ce monde. Peut-être qu'elle ne serait pas morte si j' étais restée ...

.

IOANA (écrivant sa lettre) Pour moi aussi, c'est dur ! Je me retrouve seule avec grand-mère qui dit n'importe quoi : elle prophétise la révolution, elle insulte les gens au pouvoir ... Aujourd'hui, à l'enterrement, elle s'est encore mise à prédire la chute du dictateur (angoissée, rature fébrilement, réécrit) la chute d'Alfred ! Encore une chance qu'il n'y ait eu presque personne pour l'entendre. Maman est enterrée au cimetière Bellu, à côté de notre oncle Ioan, notre père n'ayant pas de tombe, comme tu le sais. Sauf un roseau quelque part, entre le Danube et la Mer Noire ...

ALEXANDRA (contemplant ses manuscrits) Je rêvais de dédier à maman mon premier livre en français : une fois de plus, j'ai été en retard. Un retard irrattrapable.

IOANA Trouver une affectation dans la capitale est un travail de titan : tout marche par piston, il faut couvrir de cadeaux une foule d'intermédiaires, rendre visites d'allégeance sur visites de complaisance, sans même savoir si une seule d'entre elles sera utile.

ALEXANDRA Placer le moindre article dans un journal est un travail de titan : tout marche par piston, il faut couvrir de cadeaux une foule d'intermédiaires, rendre visites d'allégeance sur visites de complaisance, sans même savoir si une seule d'entre elles sera utile.

IOANA On trouve de plus en plus difficilement à manger, les files sont interminables, je ne sais pas comment je vais m'en sortir. Pour qu'on ne me case pas d'office un locataire dans la pièce restée libre après la mort de maman, j'ai fait venir grand-mère chez nous. Elle n'en avait pas envie : elle s'est longuement laissée prier. Son rêve aurait été d'habiter chez Lucia. Jamais vu une belle-mère si entichée de sa bru ! Evidemment, chez la veuve de notre oncle, elle habiterait cet immense appartement tapissé des toiles de son fils. Mais Lucia n'a pas les mêmes problèmes que moi. On la laisse tranquille dans son sept-pièces par respect pour ce musée qu'elle entretient et soigne. Alors que moi, si dans la pièce de maman on me colle un proche de Tante Prudence, adieu amis, adieu conversations téléphoniques, adieu correspondance ! J'ai demandé à grand-mère de venir habiter chez moi pour me rendre service. Elle a fini par dire oui mais elle ne cesse de me répéter qu'elle a assez de rendre des services. Elle me regarde de travers, je crois qu'elle me déteste et qu'elle aurait infiniment préféré habiter avec toi, tu lui rappelles tellement papa. Elle est comme une enfant capricieuse. Elle est sûre que les jours d'Alfred sont comptés et elle met de la nourriture de côté, pourtant on n'en a même pas le nécessaire, pour ton retour. Elle est sûre de te revoir. Hier, on avait une orange, trois heures de file, je ne te raconte pas : grand-mère a insisté pour qu'on mette trois quartiers de côté au frigo. "Si Alexandra revient, il faudra la régaler. "Elle ouvre le frigo tous les quarts d'heure pour s'assurer que je n'ai pas mangé <u>ton</u> dessert. (imitant la grand-mère) "Depuis toute petite, tu as toujours chipé le dessert de ta soeur."(riant entre les larmes) Veux-tu que je te l'envoie par express ? Et comme si tout ça ne suffisait pas, je suis amoureuse et j'ai peur. De tomber enceinte surtout.

ALEXANDRA Chère petite soeur ingrate, tu as un galant et tu ne me dis rien, à moi dont tu as chipé les desserts pendant mes plus belles années ? Ne t'inquiète pas, je plaisante : tu sais bien que je n'aime pas les douceurs ... Qui est-ce? Raconte-moi tout, c'est formidable ! Qui est le mystérieux séducteur ? Le Rubicon est-il franchi entre vous deux ? C'est vrai que ça fait mal la première fois ? Sois compréhensive avec grand-mère : elle est extralucide. Papa et Ioan, ses fils, l'ont toujours dit. Et je l'ai toujours cru. Même quand cela nous semblait absurde, ce qu'elle disait finissait par se réaliser, rappelle- toi. Il est vrai que cette fois elle va un peu loin ...

IOANA Tu es trop enthousiaste, tu fais tout un plat de mon amoureux. Cela n'a pas autant d'importance que tu le crois. On voit que tu es encore une ... jeune fille. Si tu as enfin compris que je ne suis plus vierge, je dois te préciser que ce changement de statut date du temps de Radu.

ALEXANDRA C'était Radu, ton premier amant ? Mais vous avez rompu il y a un an ... Tu me l'as caché pendant si longtemps ? Tu ne me dis plus rien ? ... Qu'est-ce qui te prend, toi qui me racontais tout ?

IOANA J'ai peut-être trop honte de moi : je ne sais pas comment tout ça est arrivé. Et on a droit à son petit jardin secret. A te lire, j'ai l'impression que tu voulais me conduire pure et chaste jusqu'à l'autel. (pressée de finir sa lettre) Succès inespéré pour Puck, je pense à toi.

ALEXANDRA Tu te moques de moi : nous nous étions promis que la première de nous deux qui allait devenir femme allait le raconter à l'autre. Parfois je ne te reconnais plus. Ta lettre sur l'occupation de la chambre de maman m'a donné des sueurs froides. Que n'as-tu pas laissé grand-mère aller habiter chez Lucia puisqu'elle le voulait? Rien que pour conserver cette chambre, tu te fiches de ses désirs? Des désirs d'une femme qui mérite le respect et l'amour et qui a élevé notre père et l'oncle Ioan ? Qu'est-ce qui t'arrive ? Comment peux-tu avoir changé pareillement ? D'un seul coup ? A moins que ce soit moi qui ne voulais pas le voir...? Je n'arrête pas de penser à maman. J'ai honte : je n'aurais jamais dû partir tant qu'elle était vivante.

IOANA (pour elle-même) C'est ça : avec moi, maman ne pouvait que crever ; avec toi, elle aurait évidemment survécu.

ALEXANDRA Maman connaissait ton amoureux ?

IOANA C'est trop tard pour les regrets et ce n'est pas important.

ALEXANDRA Pas important alors que je brûle d'impatience ? Tu changes à une allure... Et si tu me disais tout ? Je suis sûre que tu te sentiras mieux et que tu seras moins agressive dans tes lettres. Tu sais, je peux peut-être comprendre. Si c'est toi qui m'expliques.

IOANA Je ne change pas. C'est la vie autour de moi qui change. Si on ne se durcit pas, on ne survit pas. Et c'est notre âge qui change. Tu es là-bas, bien à l'abri. Tu peux rêver et faire des cas de conscience. Moi, j'ai toute la journée grand-mère sur le système, les files, les représentations. Nous ne sommes plus des écolières rêveuses. En tout cas, pas moi. Je suis entrée dans le monde, celui du travail comme celui d'une chargée de famille. Et c'est dur ! Oh, ce n'est pas une jungle, ce serait plutôt une mine de sel. Tu veux des confidences? Mais je n'ai plus le temps ni l'énergie, moi, d'écrire des journaux intimes pleins d'interrogations métaphysiques. Tiens : en voilà des confidences : tu as failli être tante; tu ne le seras pas, ni moi mère. Je ne pourrai plus avoir d'enfant. Je croyais me débarrasser d'un, j'en suis débarrassée pour toujours.

ALEXANDRA Le père, qu'est ce qu'il a dit? Qu'est-ce qu'il a fait?

IOANA Rien... je t'ai bien dit il y a de quoi avoir honte.

ALEXANDRA Quitte-le!

IOANA Comment vont tes études de droit? (elle enchaîne sur le rôle de Puck) "Ma maîtresse est amoureuse d'un monstre. Tandis qu'elle était assoupie dans son berceau consacré, une troupe de paillasses, d'artisans grossiers qui travaillent pour de la vinnassse dans les échoppes de la Cité, se sont réunis pour massacrer une pièce qu'ils comptent jouer comme un présent d'importance pour les noces du tyran de la contrée".

ALEXANDRA (jouant Puck à son tour) "Le plus retors, le plus fourbe de cette vile bande, lequel jouait l'amoureux de foire, quitte la scène pendant la représentation, puisse-t-il ne l'avoir jamais fait ! et arrive à l'orée du bois où ma fée dormait. Je l'ai enlacé à ce moment favorable et je lui ai collé une tête d'âne. Quand les autres l'aperçoivent, ils se sauvent en croassant et se dispersent en balayant le ciel de leur terreur . A cet instant, par le hasard que j'ai voulu, Titania s'est aussitôt réveillée et s'est amourachée de cette créature dont même les insensés se détournent."

IOANA "Tu es aussi sage que beau. Fées, posez vos doigts en douceur sur les lèvres de mon bien-aimé : conduisez-le en silence..."

ALEXANDRA (dans un état d'excitation joyeuse) Je me demande parfois, ma chérie, si un époux pourrait nous supporter. Surtout moi. Toi, tu sais infiniment mieux y faire : taire ce qu'il faut taire, n'en faire qu'à ta tête tout en ayant l'air de te soumettre. Les gens que j'aime sont tous des personnages de livres et je ne pense qu'à ça : écrire, lire, mettre des images sur les mots. (air de possédée lubrique) Je ne pense qu'à ça ! A moins d'un rat de bibliothèque, je ne vois vraiment pas qui voudrait de moi. Je pourrais aussi violer un dictionnaire... Mes nouveaux amis de l'Université sont si différents des garçons de chez nous... Ils se tiennent plus droits mais ils ont l'air alangui. Ils ont de beaux visages lisses mais ils ont des gestes de vieux. Ils disent "je ne suis ni pour ni contre mais bien au contraire". Et ils en sont fiers... A la demande, j'exécute mon numéro sur les libertés bafouées et on m'admire comme une martyre. Mais j'en ai ras le bol, qu'ils aillent voir eux-mêmes. Je suis en panne.

Le glas de la bonne conscience arrête d'émettre. Martyr en panne. Martyr... tiens, ça me rappelle une chose que tu m'as dite le jour de mon départ : que tu n'avais pas la vocation du martyre. Cela m'a fait si peur, sans savoir pourquoi. Rien que de l'écrire et je ressens à nouveau cette peur, une peur mêlée de gêne et de honte : comme si tu avais soudain changé de visage. "Profitant de son sommeil, je lui ai collé une tête d'âne." Excuse-moi : je déraille. Pourtant c'est depuis ce jour-là que tu as commencé à changer. Ne change pas trop, petite soeur, tu étais si gentille quand tu étais petite. Pardon : c'est que je suis si heureuse que tout me donne envie de rigoler, j'ai à nouveau des copains, sinon des amis, nous resquillons au cinéma, tiens j'ai vu Roma de Fellini qui vient de sortir et on a décidé, séance tenante, d'y aller.

IOANA Nous continuons à nous ressembler : je voyage aussi. (à voix très basse) Comme travail volontaire obligatoire on fait de l'animation culturelle dans un foyer d'ouvriers de la banlieue. Les spectateurs tombent de fatigue, s'endorment par rangées et ne demandent qu'une chose : que le diable nous emporte ... au plus vite !

ALEXANDRA (sans écouter) On dépose des fleurs devant ma porte et plusieurs garçons, et non des moins séduisants, revendiquent ces attentats. Cela m'apporte un certain soulagement après une éternité de faim et d'aliénation culturelle derrière le rayon colifichets des grands magasins La Placette. Hier, un vénérable journaliste parlementaire me parlait, lors d'une fête dansante de juristes, du souci que les médias portent à l'avenir de l'Europe. Je lui ai dit que les médias avaient intérêt à se dépêcher : après la guerre , de l'Europe, il ne nous en reste déjà plus que la moitié...(soudain soucieuse) Pourquoi ne m'écris-tu plus rien? Je me fais l'effet d'un moulin à paroles alors que je n'ai rien de métaphysique à raconter et j'attends des nouvelles de toi : tu dois être heureuse avec ton beau ténébreux. Quand j'aurai l'insigne honneur de le connaître? Je ne lui pardonnerai jamais le mystère dans lequel vous ne m'avez que trop longtemps ...(s'arrête soudain, immobile ; Ioana met un disque sur son pick-up : L'Hymne à la Joie de Beethoven, elle l'écoute un instant, cela lui semble insoutenable, elle arrête la musique...Alexandra, sans avoir bougé :) Ce n'est plus la peine de me dire qui c'est. Un ami est passé. Avec un numéro récent de notre grand quotidien national. Il y avait une photo légendée : "Andrei Vornicou et sa compagne". Sa compagne, c'était toi. Une photo tirée d'un spectacle d'hommage à Alfred. Je ne sais pas pour laquelle des deux trahisons je t'en veux le plus.

IOANA Pardonne-moi. J'ai voulu cent fois te l'écrire mais ton jugement me faisait si peur. Tu es si pure, si absolue. Je ne cherche pas d'excuse mais je ne sais vraiment pas comment ça a pu arriver, je n'arrive pas à me l'expliquer moi-même. Quant au spectacle..., il faut bien survivre. Tu ne penses pas qu'il me laisseraient jouer Puck si je ne montrais pas patte blanche autrement...Tout se dérobe sous mes pieds. Tu m'en veux, grand-mère, après avoir copieusement insulté Andrei, s'est enfuie chez Lucia. Je vous comprends mais moi, qui essaye de me comprendre?

ALEXANDRA (le regard dans le vide) J'ai pris le plus crétin des étudiants en droit, un vraiment définitivement obscur, même pour un futur juriste. C'est celui-là que j'ai choisi pour devenir femme..."

Ma maîtresse a fait semblant de s'être amourachée d'un monstre"...
Comme ça on continue à être ensemble, donc : à se ressembler.
C'est toi qui as choisi...pour nous deux. Je ne sais pas ce qui m'a
pris : aujourd'hui... (elle épingle son numéro matricule du lycée sur
sa robe) je me suis baladée comme ça toute la journée. Je traversais
un magasin quand quelqu'un m'a interpellée. Il croyait que c'était
un badge de vendeuse. Ce passant a dû me sauver la vie...(elle
déchire la lettre qu'elle vient d'écrire)

IOANA Je me marierai avec Andrei au mois de mai. Je ne te mentirai
plus jamais. Je ne te cacherai plus rien mais écris-moi!

ALEXANDRA Tu te rappelles ma toque de renard blanc? Celle que je
portais tous les jours...J'espérais ne jamais avoir à te le dire. L'année
de mon départ, je suis allée une fois de plus aux Editions Veritas
qui ajournaient bizarrement la parution de mon livre. Dès que je
suis entrée, la secrétaire du directeur littéraire m'a dit qu'elle était
splendide, d'où je l'ai eue? comment?...en Pologne? Ah, oui,
vraiment? Ils en font de belles choses, en Pologne. Elle en aimerait
bien une, j'y penserai, tu sais : le truc habituel. Je voyais une ligne
en pointillé partant de ses yeux et aboutissant à mon couvre-chef.
La diagonale du désir, quoi... Ensuite, je lui parle de mon livre, elle
essaye de changer de sujet, je finis par solliciter sa pitié : autant
qu'elle me dise la vérité, je ne dirai jamais de qui je la tiens et je
saurai récompenser sa confiance, tu vois le tableau... Je lui dis : ne
me faites pas venir chaque semaine pour rien, je vous embête,
j'embête votre directeur...Et moi, ca me fatigue : j'habite à l'autre
bout de la ville. Dites-moi la vérité ! C'est l'enseigne de la maison,
que diable !... Vous serez débarrassée de moi... Les porteurs de

mauvaises nouvelles ne sont haïs que par les sots et patati et patata, je penserai à vous lors de mon prochain voyage en Pologne, d'ailleurs : donnez-moi votre tour de tête...

Non, plutôt : essayez ma toque. Tenez, c'est merveilleux : elle semble avoir été faite pour vous...Minable, j'ai été minable... et ça a marché. Elle a fini par avouer qu'elle tenait de son directeur que le livre ne sera jamais publié. En me parlant, elle s'admirait dans le miroir qui lui faisait face. Elle devait se trouver très jolie avec la toque : ça l'a rendue bavarde...Donc : son directeur avait déjà peur de se faire taper sur les doigts en haut lieu si le livre se vendait trop bien : "avec toutes ces allusions au régime, un succès ne risque pas de passer inaperçu"...mais en plus, des camarades du Ministère de la Culture avaient manifesté des craintes. (imitant les camarades du Ministère) "Tenez, l'auteur, elle s'appelle Popesco comme Alexandre, le déviationniste francophile coupable de cosmopolitisme étroit. Ne serait-ce pas la même famille? Oui, c'est sa fille." Les camarades bien intentionnés du Ministère conseillent alors, pour la probabilité infime où le livre paraît, je te cite ses propos, que je change de nom...J'ai proposé Ionesco. On en était là quand j'ai été prise d'une audace folle. Je lui dis : écoutez, cette toque vous va si bien... je n'ai pas le coeur de vous la reprendre.

Mais si, mais non! Mais si, mais non, mais si, mais si, mais que puis-je pour vous alors? Et là, je m'entends lui dire comme dans un rêve : "Donnez-moi les fiches de lecture" . "Les fiches de lecture, vous n'y pensez pas !" et, se reprenant aussitôt, : "D'ailleurs quelles fiches de lecture? Il n'y en a pas : c'est le directeur seul qui lit !" Et moi, les larmes aux yeux, j'ajoute, suprême hypocrisie : "Cette toque vous va si bien...(anéantie) Cette toque vous va si bien..."Trois fiches...(elle n'arrive presque plus à parler : des sanglots lui nouent la gorge) Trois fiches en tout. Deux signées par de vieux pourris-séniles qui écrivent des poèmes au Parti et au grand manitou. Rien de transcendant, rien d'inhabituel non plus. De vieilles barbes écrivant des propos de vieilles barbes : cosmopolitisme étroit, évasion de la réalité, propos séditieux, image pervertie de la jeunesse, absence de notre bien aimé dirigeant, le Danube de la pensée, le Volcan des Carpates...La bouillie habituelle. (avec difficulté) Mais la troisième note, la plus subtile et la plus méchante...bien plus retorse. (imitant) "Ce serait sûrement rendre un mauvais service à ce jeune talent que de l'éditer. Il faut lui laisser le temps de s'aguerrir et ne lui permettre de publier que lorsque, l'expérience venant, elle pourra intégrer nos valeurs nationales et adhérer au régime triomphant auquel ses valeurs familiales ne l'ont pas préparée." La troisième fiche était signée par Andrei...mon bien aimé. Le même qui m'assurait tous les jours qu'il faisait tout ce qu'il pouvait pour que le livre paraisse. J'ai dit gentiment merci à la camarade, je lui ai rendu ses fiches qu'elle a aussitôt soigneusement rangées dans mon dossier et je suis sortie. Tête nue...cela tombait bien : il neigeait.

IOANA Pourquoi ne m'écris-tu pas? Déjà deux semaines sans une lettre de toi. Avant, tu m'écrivais tous les jours...plusieurs fois par jour, au début. (elle prend une nouvelle feuille) C'est la deuxième lettre que je t'envoie aujourd'hui. Il y a ceux qui payent en entrant et ceux qui payent en sortant. C'est mon tour...(reprend une autre feuille) Je t'en supplie : écris-moi! Je vais m'obstiner à t'écrire malgré ton silence, toute la vie s'il le faut... Andrei s'est fâché contre moi une semaine avant la date prévue pour le mariage. Maintenant nous sommes réconciliés mais il ne veut plus fixer de nouvelle date...Je devrais me concentrer davantage sur mes rôles mais je n'y arrive pas... Enfin un mot de toi : pour le 1er janvier '77 ! (ouvre une enveloppe, en tire une carte de voeux, la lit, pensive) Juste deux mots, sans date, sans signature : "Toujours ensemble"...en souvenir d'une Saint-Sylvestre où nous nous l'étions promis. Il y a exactement cinq ans.

Un reproche... que je mérite. Andrei va bien, il n'arrête pas de travailler donc : d'être absent. Il n'est même plus question de mariage. Mais il me fait jouer dans ses spectacles...Qui ne sont pas du Shakespeare. Nous ferions plutôt dans le fou du roi. Et toi, et toi? (reprend un autre papier) Je te glisse dans cette enveloppe le premier perce-neige de ce printemps. Laisse-moi t'expliquer. Tu imagines peut-être que je t'ai conseillée exprès de partir pour prendre ta place auprès d'Andrei. Je te jure qu'il n'en est rien. Il est venu me voir juste après le début de la maladie de maman. Après sa mort, j'étais si effrayée par le monde, par mes responsabilités, par l'animosité de grand-mère. Je me suis rapprochée de lui à une époque où c'était ça ou le suicide...Ne sois pas cruelle, donne-moi un signe, au moins pour que je sache que tu lis mes lettres et que tu ne les jettes pas sans les ouvrir.

ALEXANDRA (se saisit des lettres roulées en boule et commence à les jeter vers la salle, avec des gestes larges et répétitifs comme s'il s'agissait de semailles; elle se met à chanter à tue-tête)

Ma mère veut me marier

Des étoiles à mes pieds,

De l'encens dans la cuisine,

Un couteau dans la poitrine...

IOANA (errant hagarde parmi le public et ramassant les lettres roulées en boule) Pour avoir de tes nouvelles, j'ai été obligée d'en demander aux gens qui te connaissent et qui voyagent à l'Etranger. Radu, auquel je n'adressais plus la parole depuis des années, je me suis humiliée jusqu'à aller le chercher. Je savais qu'il devait partir en Suisse. Hier, il en est enfin revenu : je sais qu'il ne t'a pas dit qu'il venait de ma part. J'avais peur que tu ne refuses de le voir. Il m'a dit que tu étais très belle et très triste, que tu n'écrivais plus, qu'on t'appelait la-belle-Alexandra et que tu avais réussi tes examens de doctorat magna cum laudae. Il m'a dit aussi que tu habitais une merveilleuse petite maison près d'un bois.

(La lumière s'éteinte brusquement sur la scène, lumière de tube cathodique)

VOIX OFF D'UN PRESENTATEUR TELE : Tremblement catastrophique à Bucarest. Huit sur l'échelle de Richter. Les sauveteurs s'activent encore pour dégager les survivants des décombres. Le bilan, déjà très lourd, n'a fait qu'empirer dans les dernières heures. Un groupe de sauveteurs suisses avec des chiens d'avalanche a quitté l'aéroport de Genève hier dans la nuit...

(Alexandra se précipite vers le téléphone de l'avant-scène, le bourre de pièces, compose le numéro, écoute)

IOANA Allo, allo, c'est moi..

(Alexandra raccroche doucement)

IOANA Chère Alexandra, il m'est entrée une idée fixe dans la tête : que tu m'as appelée après le tremblement de terre, juste pour savoir si j'étais encore vivante. Ce n'était peut-être qu'une erreur... La personne qui m'a téléphoné n'a pas dit un mot mais il m'est doux de penser que c'était toi... Je me fais des illusions sûrement, tu vas me prendre pour une folle. Seule bonne nouvelle du tremblement : le directeur littéraire qui avait refusé ton livre a été retrouvé mort sous les décombres des Editions Veritas... A part cela, nous craignons stupidement que la terre ne se remette à trembler. La crise du logement va devenir insoluble...De ta classe de lycée, il y a eu déjà deux morts : Cristian qui se trouvait dans la confiserie Casata et Doru, chez lui...(au bord des larmes) Réconcilions-nous tant qu'il n'est pas trop tard...

(la lumière de tube cathodique laisse la place à la lumière habituelle de la scène; Alexandra écrit à la bombe de couleur un immense "Toujours ensemble", Ioana ouvre fébrilement une lettre)

IOANA Pour le 1er janvier 83, j'ai eu ma carte habituelle. "Toujours ensemble"...C'est la septième. J'ai eu tort, je le sais maintenant et je le paye tous les jours. Je crois qu'Andreï a toujours été amoureux de toi mais tu n'aurais pas été heureuse : il ne pense qu'à lui. Si je le pouvais, je prendrais le premier avion pour venir te voir, t'entendre, te parler ... Je joue à la télévision dans les grands spectacles que tu connais. Il faut connaître le texte à la virgule près : on a vite fait de vous accuser de sabotage. Et moi qui ai la mémoire en passoire.

ALEXANDRA (pose un bibi blanc sur sa tête, se maquille, de temps à autre écrit un bout de lettre à la main) C'est le grand jour...et tout est si différent de ce dont je rêvais. (méthode Coué) Gai, gai! marions-nous!... C'est drôle : ça fait répétition ratée. Ma scène de l'Institut, celle avec la robe de mariée, était mon vrai mariage. Maintenant c'est une mascarade, c'est vrai : nous en avons génétiquement l'habitude. Te rappelles-tu le jour où Alfred a été nommé docteur honoris causa ? Nous jouions si bien nos rôles ! Nos répliques sonnaient si vrai ! Surtout le "Toujours ensemble". Surtout chez toi. (sans transition) Ma bague de fiançailles est une émeraude de deux carats entourée de dix brillants blancs Wesselton pur, le tout monté sur griffes de platine. (elle déchire la lettre, en fait des confettis qu'elle laisse tomber : ils ne volent pas.)...Le poids de la matière...ou du temps?... (Elle sort par la porte du fond en prenant bien soin de la claquer...)

IOANA J'ai appris   que tu écrivais à grand-mère. Et que tu lui téléphonais. Elle en a de la chance ! Moi, j'ai reçu ma carte annuelle : "Toujours ensemble". J'ai appris que tu t'es mariée. Je n'ai même pas vu une photo de ton mari. A quoi ressemble-t-il ? Il paraît qu'il est très riche. J'ai appris que tu as publié un livre. En français, évidemment...Bravo ! Andrei n'est jamais là. Ma santé se détériore... je ne pourrai plus jamais avoir d'enfant. Tu es devenue Suissesse : tu pourrais revenir, ne le fais pas ! Tu as encore notre nationalité. Andrei me l'a dit, lui qui ne se soucie que de lui-même, il me l'a répété. Il avait l'air sincère et inquiet. Il en a même parlé à grand-mère pour qu'elle te dissuade de venir. Ils sont fâchés par les articles que tu écris là-bas sur Alfred... Andrei t'a vraiment aimée, il t'aime encore sûrement, mais il aime si mal...Je me suis trompée en te disant qu'il n'avait pas reconnu le texte de Shakespeare retraduit par toi.

Hier, au beau milieu d'une dispute, on se dispute tout le temps, je lui ai demandé pourquoi il était venu me voir jouer mon Puck, la toute première fois. Il m'a dit que c'était pour te faire de la peine, te rendre jalouse et...te faire revenir...et qu'à partir du troisième mot, il entendait ta voix pendant que je "récitais". Il n'a pas cessé d'être avec toi. Et il me fera toujours une vie d'enfer : je suis pour lui un objet d'horreur parce que je ne suis pas toi...(tourne en rond dans la chambre, n'y tenant plus, elle se remet à écrire une lettre) Le Ier janvier 1984, je n'ai pas eu encore ta carte de Nouvel An. Andrei me trompe toujours et partout, m'humilie en toute occasion, je m'en fous mais j'ai peur de lui : il devient si puissant. Il connaît personnellement Alfred, il va à la chasse et dans des voyages à l'Etranger avec lui et il est parti dans une mégalomanie...Il se prend pour l'éminence grise du régime. Et il est en train de le devenir. Si je le quitte, plus personne ne me donnera le moindre rôle. Il est, entre autres, chef de la direction du théâtre au ministère : personne n'a intérêt à lui déplaire. J'ai vu une photo de toi dans un journal suisse : tu dansais à un bal avec ton mari. Tu es si belle, si élégante et tu es restée si jeune...

ALEXANDRA (commence à écrire une lettre) Ioana...(biffe) Chère...(biffe) Ignoble Puck... (biffe) "J'ai enfin trouvé la fleur mystérieuse qui, posée sur les paupières des mortels, leur ouvre le coeur et permet à l'âme d'éclore dans leur corps". (réfléchit , déchire la lettre)

IOANA Je viens de t'entendre à la radio : je suis si émue. Nous écoutons tous les émissions en roumain de Radio France ...c'est une routine et soudain...ta voix. Cela va te faire rire : tu as un léger accent en roumain...Andrei était là. Il a écouté jusqu'au bout, s'est tu un long moment, lui qui hurle tout le temps, et il a dit : " Elle s'est encore débrouillée pour avoir raison". Et il est sorti. Tout le monde t'a écoutée : on n'arrête pas d'en parler. Des gens que j'avais perdus de vue m'appellent. Heureux : ils te croyaient morte...Ils me félicitent , moi...Comme si j'y étais pour quelque chose... Ton émission était superbe : même nous, on y a appris des choses sur la "systématisation" de la capitale. Habituellement, nous sommes réduits à constater les démolitions, chacun dans son quartier, sans savoir ce qui se passe dans le reste de la ville...et à écouter les radios occidentales...J'ai entendu que tu es en train de divorcer. Cela doit être dur pour toi...Tu vois, on continue à se ressembler. J'ai eu aussi mon cadeau de Noël : j'ai quitté Andrei le 23 décembre. Le 24, je me faisais virer du théâtre. Le chef de l'organisation du Parti est un ami intime d'Andrei. J'ai presque trente ans, je ne peux pas avoir d'enfant , je n'ai plus de travail : je suis une femme finie. Cette nuit, j'ai refait ta scène avec la robe de mariée. Il paraît que tu as un enfant. Je voudrais tant voir une photo...

ALEXANDRA (prend la photo de l'enfant, écrit derrière) "Celui-ci est fils unique : au moins personne ne le bernera avec des "toujours ensemble".(hésite un long instant, ajoute) Haut les coeurs!

IOANA Quel beau bébé! On dirait toi petite. Je t'ai forcément connue toujours plus grande que moi et cependant il m'a souvent semblé t'avoir connue nourrisson. C'était sûrement dans une autre vie où j'ai été assez forte pour ne pas te perdre...Tu m'as enfin écrit! Je suis heureuse. Sept ans de silence se sont dressés entre nous. Te rappelles-tu les frères cygnes du conte d'Andersen? Leur petite soeur étourdie a dû tisser des chemises d'orties pendant des années pour se faire pardonner. Nous avons toutes les deux fini de tisser nos chemises d'orties...et le printemps est encore si loin...Alexandra...Je savais que tu allais me pardonner, fût-ce dans l'autre monde. Pour Andrei, j'ai eu tort : ce n'était pas de l'amour... tu me l'aurais pardonné. Peut-être de la jalousie contre toi mais inconsciente... j'étais si paumée...La plus forte, cela a toujours été toi! D'autant plus forte que tu ne le sais pas...

Pardon, encore pardon. J'ai trouvé une petite chambre de bonne, avec toilettes sur le palier, je suis devenue grosse et laide mais heureuse puisqu'on s'est retrouvées. Quand je souris, je n'ouvre pas trop la bouche : il me manque une dent. J'ai honte mais pas l'argent du dentiste...Dès que j'ai deux sous devant moi, je te téléphone.

ALEXANDRA Le pardon est la chose la plus magique donc la plus incompréhensible du monde. On a trente ans, on n'est plus des lycéennes folles et pourtant...Tu es presqu'une autre, moi aussi, sûrement. Et pour cette autre que tu es aujourd'hui, cette autre que je suis devenue a passé l'éponge.

IOANA Je suis heureuse ! Tout va mal, je n'ai pas de travail, je grossis mais je t'ai retrouvée...Moi, je t'aurais pardonnée tout de suite. Je te pardonne déjà et dès aujourd'hui tout ce que tu pourras me faire durant le millénaire qui suit.

ALEXANDRA Qui est capable de la faute est aussi capable du pardon. Quant à moi, je n'ai pu te pardonner qu'après avoir oublié...un peu. Et je ne comprends toujours pas comment j'y suis arrivée. (se remet à taper sur sa machine)

IOANA Je joue à Galatzi dans des théâtres froids, nos spectateurs sont si crevés après une journée de travail, de queues et de pressurisation dans les transports en commun, qu'ils s'endorment à peine installés dans leurs fauteuils. Et ils ronflent si fort...que parfois je n'entends plus mes partenaires. J'avais peur qu'on m'en veuille d'avoir vécu avec Andrei. Il n'en est, Dieu merci, rien... Mes camarades m'ont même adoptée très chaleureusement. Ici, en province, la pénurie est infiniment pire qu'à Bucarest : on tricote nos slips, il n'y a même plus d'ouate dans les pharmacies, tu imagines donc comment on doit se débrouiller tous les mois.

ALEXANDRA Chacun sa croix : moi, j'écris mal et léger, je concocte des blagues ineptes pour des émissions de télévision dites de divertissement, et encore : je suis heureuse de nourrir mon fils en pondant de la fiction. Toi : c'est Galatzi. Voir Galatzi et mourir... Tu te rappelles qu'on rêvait d'être la plus grande dramaturge et la plus grande comédienne de notre génération?...On n'aura vraiment pas marqué le vingtième siècle...Je ne sais pas si je te l'ai déjà écrit : je porte des lunettes depuis un an!

IOANA Moi, depuis deux Enfin, je devrais en porter car je me ballade avec l'ordonnance dans la poche : les opticiens demandent des dessous de table que personne n'arrive à payer, à moins d'être intime de Tante Prudence. Et ton nouveau mari? Raconte-moi : je brûle d'impatience.

ALEXANDRA Tu sais ce que Tchékhov à écrit, (rit) tiens, c'était dans Les Trois Soeurs : "une épouse c'est une épouse". Donc : un mari c'est un mari. Celui-ci l'est particulièrement...Peut-être que nous ne sommes mariables qu'à des Roumains. Ici, les hommes sont différents : civilisés, responsables, participant aux tâches ménagères, propres, fragiles... En un mot : mous. Mais ne t'en fais pas trop : qui n'a pas l'impression, passé l'âge de trente ans, d'avoir raté sa vie?

IOANA Notre Gédéon a été fiché comme un criminel. J'ai dû l'amener chez Tante Prudence où ils ont pris un échantillon de son écriture : ses empreintes digitales. J'avais envie de leur apporter comme échantillon ton manuscrit refusé. Pauvre Gédéon : il n'a écrit que des offres d'emploi depuis que tu es partie. Et encore : pour qu'il ne rouille pas. Son unique vraie fonction est celle de sainte relique. Il y a des rationnements terribles. Nous avons tous des tickets : une livre de viande par mois. N'envoie rien : le stockage est puni de six mois à un an de prison. Il y a même un programme d'alimentation scientifique. Un ouvrier doit manger deux fois plus qu'un fonctionnaire, (scande le poing en l'air :) nous voulons tous être des ouvriers...On nous coupe le gaz et l'électricité la nuit, la ville est obscure à partir de neuf heures du soir. Au mieux, il fait quatorze degrés dans les appartements.

ALEXANDRA Je ne sais pas comment t'écrire cela : je peux "t'acheter". Il y a quelqu'un à Londres...qui fait des merveilles.

Assez vite. Il a fait venir des centaines de Roumains . Et sans risques.

IOANA...Je dois rester : pour payer...je ne sais pas bien quoi mais je sais comment. Je dois continuer à jouer dans des salles non chauffées. Si tu voyais les gens qui assistent aux spectacles avec leur manteaux et leurs bonnets sur la tête. A la fin, ils applaudissent pendant de longues minutes. Avec leurs gants. Il y a même une vraie recherche théâtrale : on joue des "auteurs nouveaux" , un de tes textes a été repris comme ça, dans des appartements.

ALEXANDRA Chez qui?

IOANA Ma chérie, tu as tout oublié : "Chez qui?" Si je pouvais te l'écrire...je ne jouerais pas dans des appartements mais au Théâtre National...Tu me demandais dans ta lettre si les contrôles gynécologiques sur les lieux de travail n'étaient pas une farce. Si, c'en est une...qui dure depuis 1984...

ALEXANDRA Fais attention à ce que tu écris : tante Prudence a le sommeil léger...

IOANA Je m'en fous, tout le monde s'en fout, on est au-delà de la peur. Actuellement, notre ville continue à vivre les heures historiques de la systématisation globale. On démolit des églises, on rase des quartiers entiers. Celui d'Uranus en premier. Notre tante Lucia avait reçu deux sommations de déguerpir, son immeuble étant condamné. Elle est venue demander conseil chez moi. Je lui ai dit de partir, qu'ils ne plaisantaient pas. Elle hochait de la tête, sans rien dire, curieusement souriante. Elle a mis grand-mère dans un foyer de vieux. Quand les bulldozers sont arrivés en bas de son immeuble, Lucia s'est jetée par la fenêtre. Neuvième étage. Ils ont à peine pris le temps de dégager son corps en le jetant sur un talus et ils se sont aussitôt mis à démolir. La maison entière s'est effondrée. Avec les toiles de l'oncle Ioan dedans. Sept pièces de musée de la peinture écrasées...

ALEXANDRA Récupère grand-mère tout de suite.

IOANA Ne t'inquiète pas : c'est fait. Elle a voulu venir. Maintenant, elle est plus douce avec moi. Nous habitons à deux ma chambre de bonne. Mais nous nous éclairons somptueusement, comme toute la ville, avec des ampoules de 15 watts. Ce sont les seules autorisées à la vente. Il y a eu un accident dans l'immeuble voisin : un chauffe-eau défectueux. Six morts. Mais cela nous pend au nez à tous : on fait n'importe quoi pour arriver à avoir de l'eau chaude, à cuisiner. Théoriquement, on n'a le droit de cuisiner que la nuit. Pendant les deux heures où l'on nous donne du gaz. Mais tu sais que notre peuple n'est pas doué pour la théorie : c'est un peuple poétique. Et insolent. Avec le froid qu'il fait dans les appartements sans chauffage, il y en a qui ont mis des billets sur les portes : "Ne laissez pas les fenêtres ouvertes en hiver : vous faites attraper la crève aux passants !". Jusqu'à quel moment le courage c'était de partir? Quand le courage est-il devenu de rester? Dix ans après ton départ? Douze?...Il paraît que tu deviens connue là-bas, que tu refais enfin du théâtre. On a joué tes pièces en Avignon. Te rappelles-tu comment tu en rêvais, il y a dix ans? Quand tu croyais que cela n'allait jamais t'arriver...

ALEXANDRA J'ai perdu dix ans mais cela en valait la peine : je suis de nouveau au point de départ. Quant au devoir de témoigner, quelle Bérézina!

Personne n'a voulu de mes textes sur la la situation de là-bas : trop sombres, sûrement exagérés. Ils me laissaient entendre que j'étais parano ou que j'inventais des horreurs pour justifier mon départ...Alors j'ai vendu des texte comiques, des légers, des brillants. Des nouvelles érotiques ou des synopsis. Du sur-mesure au plus offrant. (tel un crieur de journaux) A-che-tez le prêt à jouer de l'auteur exilé ! Quel témoignage ! Et je rencontre tous les jours des héros de café qui me disent : "Si j'étais à votre place, il y a longtemps que votre Ceau...(biffe) Alfred, je l'aurais flingué. Mais quel peuple êtes-vous? Chez nous cela ne durerait pas"...

IOANA Je joue dans des salles non chauffées, dans des maisons de la culture. J'ai essayé de nouveau Puck mais je suis trop vieille pour le rôle. Andrei est maintenant un personnage si influent...que tout le monde le hait. Ses éloges à Alfred occupent presqu'entièrement les deux heures quotidiennes du programme de la télévision. Grand-mère a été très malade. Les ambulances ne se déplacent plus depuis belle lurette pour les malades de plus de soixante-cinq ans. On les a appelés et, évidemment, ils ne sont pas venus. Et même s'ils étaient venus : dans les hôpitaux, on doit fournir le fil chirurgical, l'alcool, l'ouate. Où trouver tout ça ? Notre voisin qui est médecin donnait grand-mère pour morte ce soir-là à vingt heures. Elle a dormi deux jours. J'écoutais sa respiration pour être sûre qu'elle ne sombrait pas dans le coma. Le troisième jour, elle s'est levée, elle a réclamé un blanc de poulet sauce vinaigrette, comme si on pouvait en trouver, et a déclaré qu'elle n'allait tout de même pas mourir et rater une révolution qu'elle attendait depuis quarante ans...Pour elle, c'est une question de jours, comme d'habitude. Elle a juste ajouté : "dommage qu'Alexandra ne soit pas là pour voir ."

Grand-mère, en proie à une effervescence étrange, même pour elle qui a toujours été excitée, s'est mise à clamer partout que Le-premier-d'Entre-Nous sera renversé par une révolte populaire avant Noël. Elle est très convaincante mais folle à lier : c'est la mi-décembre et nous savons tous que cette année, de faim, de maladie ou de froid, nous allons tous crever...

(Une télé s'allume : la scène se retrouve plongée dans la lumière cathodique ; Alexandra, captivée, suit l'émission sur un écran imaginaire.)

VOIX DU PRESENTATEUR Un bref rappel des événements survenus depuis deux jours. Le vingt-et-un décembre, la manifestation organisée à la gloire du dictateur devant le Palais présidentiel, se mue soudain en manifestation de protestation. Le tyran est conspué, il se fige, la bouche ouverte, la télévision nationale interrompt son émission.

ALEXANDRA (écrivant sur ses genoux) Tu ne vas pas me croire : hier, je me suis achetée une télé pour ne rien perdre des événements. Je n'avais jamais eu de télé, alors que j'écris des téléfilms depuis des années. Je passe mon temps à zapper d'une chaîne à l'autre pour ne rien perdre...

VOIX DU PRESENTATEUR Le dictateur et son épouse seraient en fuite depuis hier. Un hélicoptère qui a décollé du toit du Palais de la République aurait amené le couple vers une destination inconnue.

IOANA (assise à l'avant-scène, dans le no man's land entre les deux pièces; sans pouvoir se voir, les deux soeurs sont assises côte à côte) Ma petite soeur chérie, c'est incroyable. Tout va si vite depuis trois jours : plus vite que depuis que nous sommes nées. Je t'écris juste un mot, dans la rue, devant l'Hôtel Intercontinental. On n'entend rien : on tire tout le temps. Au canon, au fusil, au pistolet. Grand-mère est impossible. Hier, j'ai essayé de l'empêcher manu militari de descendre dans la rue. Elle a pleuré en disant que je sabotais son rendez-vous avec l'Histoire. Profitant d'un moment d'inattention, elle s'est sauvée. Hier après-midi. Elle est revenue surexcitée ce matin pour me raconter qu'elle avait été à la manifestation de la Place du Palais, là où ça canardait le plus, évidemment. Elle m'a juste demandé du pain pour les tankistes avant de disparaître à nouveau. Je l'ai laissée faire : elle avait rajeuni de vingt ans...

ALEXANDRA (dans sa chambre, prend le téléphone, tout en suivant la télévision) Comment ça, il n'y a pas d'avion ?

VOIX DU PRESENTATEUR Les hommes de la Sécuritate se serait réfugiés dans les souterrains de la capitale. Tels des desperados, ils surgissent ça et là et font régner la terreur en tirant sur la foule.

ALEXANDRA (au téléphone) Il y a des personnes qui attendent un avion depuis trois jours? Mais moi, Mademoiselle, ça fait dix-huit ans que j'attends...(disparaît de sa chambre)

IOANA (un journal à la main, un brassard tricolore bleu, jaune et rouge au bras) Je fais partie de la garde civique qui protège le Musée. Il y a des risques de rapines et surtout une possible incursion des fidèles de notre tante Prudence...(biffe vigoureusement) Suis-je bête ! Maintenant on peut l'écrire : on protège le bâtiment des barbouzes de la Securitate. Je tiens dans mes mains le premier journal libre...

8

décembre 1989

ALEXANDRA (sonne à la porte de Ioana, l'ouvre; sa silhouette se découpe dans l'embrasure de la porte, continuant à appuyer sur le bouton de la sonnette; Alexandra porte à la main la même valise qu'à son départ) Bonjour!

IOANA Toi...!?

ALEXANDRA Tu vois bien : tu ne te débarrasseras jamais de moi. Encore ensemble! (elles s'étreignent avec émotion)

IOANA (essayant de ne pas pleurer) C'est la même valise?

ALEXANDRA (fait "oui" de la tête)... et je n'ai pas d'autre bagage.

IOANA Tu es revenue...Ca t'aura pris dix-huit ans...

ALEXANDRA Quand on aime, on ne compte pas.

IOANA Tu n'as pas changé.

ALEXANDRA Toi aussi, tu as changé. Je t'ai apporté une bouteille de
Martini. Pour la Nouvelle Année.

IOANA On se voit surtout entre Noël et Nouvel An, nous deux...

VOIX OFF D'UN ENFANT Maman, tu viens ?

IOANA (se penchant par la fenêtre) C'est Alexandre?

ALEXANDRA Alexandru Popesco, dans toute sa splendeur! J'ai
l'honneur de te présenter la nouvelle génération.

IOANA Il est beau...Il parle notre langue?

ALEXANDRA Il apprendra.

IOANA Tu veux dire que tu reviens...pour toujours?

ALEXANDRA Toujours ensemble, non?

IOANA (la regardant) Après tout ce temps, ça va être dur pour toi.

ALEXANDRA   Je réapprendrai notre langue, c'est tout. Il paraît que c'est assez proche du français, non?

IOANA (riant parmi les larmes) Qu'allons-nous devenir?

(Elles s'en vont toutes les deux en riant et en se tenant par la taille, ne demeure sur la scène que la télévision allumée)

VOIX DU PRESENTATEUR Ici Télé (parasites qui empêchent d'entendre la suite) : bulletin d'informations de midi. Ce matin, Monsieur Andrei Vornicou, docteur honoris causa de l'Université de...(parasites sur les ondes)...a été nommé ambassadeur de notre pays à... (de nouveau des parasites...une chanson reprend le relais. Une de celles chantées, quelques mois plus tard, Place de l'Université, lorsque le tout nouveau pouvoir écrasa sous les chenilles des tanks les intellectuels et les étudiants venus manifester pacifiquement pour une plus grande liberté.)

AUTRES OUVRAGES DE ANCA VISDEI

www.ancavisdei.com

- Romans

L'Exil d'Alexandra

Actes Sud 2008, ISBN 978-2-7427-7541-5

Confession d'une séductrice ou L'Eternelle amoureuse

PM Favre 2008, ISBN 978-2-8289-0996-3

Je ne serai pas une femme qui pleure

Actes Sud Junior, Collection D'une seule voix, 2010, ISBN 978-2-7427-8715-9

Neuf mois de la vie d'un homme ou La véritable et néanmoins édifiante histoire d'un avocat listovien qui aimait les bordeaux français et les chocolats suisses, mais réparait tout seul la chasse d'eau de ses toilettes, Editions La femme Pressée, ISBN 9781534978249

- Biographies

Orson Welles, une biographie

Editions de Fallois 2015

Jean Anouilh, une biographie

Editions de Fallois 2012

-Théâtre

Aux éditions L'Avant-Scène Théâtre

Puck en Roumanie (Version courte de Toujours ensemble)
- - L'Avant-Scène Théâtre n°1066, issn 0045-1169
- -

- - La Médée de Saint-Médard
- - L'Avant-Scène Théâtre n°1033, issn 0045-1169
- -

- - Complot de générations
- - L'Avant-Scène Théâtre n°841, issn 0045-1169
- -

- - Dona Juana
- - L'Avant-Scène Théâtre n°812, issn 0045-1169
- -

- - Une vie tient en mille caractères
- - L'Avant-Scène Théâtre n°1000, issn 0045-1169
- -

- - Confession d'une pomme dans Fantaisies potagères
- -L'Avant-Scène Théâtre, Collection des quatre-vents,
- ISBN 2-7498-0910-X
- -

Aux Editions La Femme Pressée
http://www.lafemmepressee.com/

Toujours ensemble / Always together
édition bilingue français-anglais ISBN 2-910584-02-X

Mademoiselle Chanel
ISBN :978- 2-910584-08-5

Madame Shakespeare ou La femme de Stratford
ISBN 2-910584-06-2

Belles, riches et célèbres
ISBN 978- 2-910584092

Photo de classe
Prix RFI Dramaturgies du Monde et Bourse de la Fondation
   Beaumarchais
ISBN : 9781537695204

Héros d'un jour
ISBN 9781539407492

Aventureuse Sarah Bernhardt ou Les turpitudes du théâtre
ISBN : 2910584151

- Collection Les Introuvables en coédition avec les Presses de Valmy
Elvira ou L'Atroce fin d'un séducteur,
Le Secret de Don Juan,
 Et Dieu créa... l'homme
ISBN 2-910584-07-0

Aux Editions Art et Comédie

La Patiente ISBN 978-2-84422-857-4

Aux Editions La Traverse

De l'or en barre, René et Juliette, Savez-vous langer Léon ?
Editions de la Traverse, issn 1262-3423

Les péripatéticiens
Editions de la Traverse, Nice, issn 1262-3423

Glissements
Editions de la Traverse, Nice, issn 1262-3423

- Jeunesse

La princesse mariée au premier venu
L'Avant-Scène Théâtre, Collection des quatre-vents Jeunesse, ISBN 2-
    7498-0960-6

Le secret des pommes d'or & La princesse et l'architecte
L'Avant-Scène Théâtre, Collection des quatre-vents Jeunesse, ISBN 2-
    7498-0922-3

Peau d'Ane ou La véritable histoire de Peau d'Ane racontée par le
    maître
de musique du palais

L'Avant-Scène Théâtre, Collection des quatre-vents Jeunesse, ISBN 2-907468-91-X

- Essais

Jambes de femmes

Editions Pierre Marcel Favre, Lausanne, ISBN 2-8289-0567-5

Le Guide du Bonheur

Editions Pierre Marcel Favre, Lausanne, ISBN 2-8289-0641-8